心靈覺醒之

龍影見聞録

翦影(一)時光的隧道

龍影夫妻於桃園長庚養生村前與前美國世界藝術文化學院楊允達院長伉儷合影留念。

龍影夫妻新書聯合發表會，首請孔昭順大師致詞(旁為其長公子孔憲台博士)。

龍影夫妻新書聯合發表會，其恩師前臺師大國文系主任傅武光博士致詞嘉勉。

龍影夫妻新書聯合發表會，摯友前慈濟大學 人文社會學院院長林安梧博士致詞祝賀。

龍影夫妻新書聯合發表會，喜好桌球的李春芳教授(中)與苗栗縣丹心桌球隊隊友合影(左三為呂會長、左一為徐總幹事)。

龍影夫妻新書聯合發表會，其義弟原景良執行長賢伉儷歡欣地與龍影夫妻合影。

龍影拜會這本新書發表會主持人教育部黃新發副署長、江寶琴校長賢伉儷。

龍影赴馬來西亞怡保市參加世界詩人大會，並榮獲美國世界藝術文化學院 楊允達院長頒發榮譽文學博士學位證書。

龍影於民國一百年文藝節在國家圖書館接受前文建會林澄枝主委頒中國文藝獎。

龍影赴中國山東棗莊學院接受胡小林校長頒授榮譽中文教授聘書。

龍影夫人柯淑靜老師榮獲全國第二屆POWER教師獎。

龍影夫妻新書聯合發表會時，商鼎數位出版有限公司王銘瑜總經理特頒贈龍影「文壇龍象」精緻獎牌乙座，祝賀出版成功。

龍影摯友張瑞濱榮獲博士(右二)時，龍影與臺大中文所曾永義教授(右)，李進雄教授(左)予以祝賀。

龍影 民國九十四年底罹患慢性血液腫瘤，在北榮總 邱宗傑主任細心診療下，恢復得很好。

龍影與洪安峰博士同往中國山東省棗莊學院講學，獲胡小林校長聘為終身榮譽中文教授。

前全國彭姓宗親總會 彭紹賢會長蒞臨苗栗山城拜訪龍影伉儷。

台灣官姓宗親顧問團112年新春聯誼會，合影於新竹縣 竹林園。

龍影夫妻新書聯合發表會，龍影恩師傅武光教授(中)及龍影芎中同班同學同框祝賀。(左至右：秀珍、圓妹伉儷、右：威政伉儷)

龍影就讀屏東縣潮州小學時的柯文仁(左一)恩師。

龍影前往台北拜訪大學恩師，面似影星亞蘭德倫的黃登山教授(中)伉儷。

龍影家中的石膏「龍」，請福安宮劉炳均主委點睛。(後左至右：詹老師、王教練、李主任、李主委、龍影)。

那一年龍影夫人、賢春夫人、景良夫人、慶霖夫人、永霖夫人(左至右)在協雲宮八角崠上合照。

龍影前往苗栗縣大湖鄉探視前東泰高中吳兆乾校長。

中國文藝協會理事長綠蒂博士伉儷，蒞臨苗栗拜訪龍影，龍影安排至「靜園」參觀。

那一年龍影與幾位知心摯友，在協雲宮八角崠指著「三角點」的愉快心情。

多年前幾位友蒞山城木鐸山拜訪龍影(左)，右至左：福貞、景良、源發。

前國立台灣戲曲學院 張瑞濱校長賢伉儷，退休後即到苗栗拜訪龍影。

那一年龍影與教育廳黃新發副廳長伉儷(左)，朱言明院長(中)潘教授(右二)合影。

龍影七十二歲生日這天與妻至獅潭鄉 桂橋園民宿慶生，並與主人黃榮宗主任舉杯互飲。

2023年元宵節前夕，龍影拜訪前苗栗縣大西國中 邱榮貴主任(左) 歡喜話當年！

龍影專程前往苗栗縣公館鄉拜會文學大師李喬。

新竹縣文化局為製作百年耆宿文藝作家典藏資料，特委託兩河文化協會 黎錦昌校長伉儷蒞臨龍影木鐸書齋作採訪。

今年元月間，龍影夫妻特赴造橋鄉探視苗栗縣黨部前主委李錦松(左)之高堂母親(中)。

龍影返回新竹縣故鄉芎林時，偶會前往竹林別墅拜訪探視年高德劭的古慶瑞校長伉儷。

國立台灣警察專科學校 鍾國文校長(右二)上任，苗栗人的榮耀。

龍影之故鄉芎林，地靈人傑出了一位劉得金中將(右)，並榮獲「三等雲麾勳章」。

龍影在苗栗市「范家宴」請友人聚敘，偶遇苗栗縣 徐耀昌縣長(左二)，並合影留念。

龍影在家與來訪的第一位黨務長官王國慶主任父女合影。

龍影與國際跆拳道九段(最高階)之摯友王錦漳教練合影於王府。

龍影東吳大學學長張捷茂校長，保留當年《東吳季刊》與《大學詩刊》，兩人對詩文有濃厚興趣。

中國國民黨前苗栗縣黨部 李錦松主委(中)與前二組李錦秀組長(左)同往木鐸書齋拜訪龍影。

新竹縣芎林國中 徐俊銘校長(左二)上任後，龍影夫妻、林英梯處長(右一)，林靜琳主任(左一)，即前往芎中母校拜訪，龍影並贈書留念。

龍影之摯友也是初中同學的莊興惠校長(左)多才多藝，除了是名畫家更是新竹縣有名的地方文史工作者。

那年竹東高中校友龍影、劉德勝參事(左二)、邱正春經理(左)、王振春恩師(右二)至中正紀念堂參觀書畫展並合影留念。

龍影之恩師林煥田老師，前年因疫情嚴峻不幸仙逝，龍影夫妻仍會關懷師母黃月和老師(右二)。

獅潭鄉鄉長競選激烈，龍影於競選期間為黃炫廷、劉淑能賢伉儷加油打氣，終於高票當選。

龍影於竹北市新開幕的遠東百貨中心之頂樓客家館與摯友林英梯處長(右)合影於「孝」前。

龍影夫妻新書聯合發表會，主持人莊興惠校長(右) ，司儀林靜琳主任(左)，總招待林英梯處長(左二)與龍影夫妻歡喜合影。

龍影在吳坤德將軍陶瓷藝術展前，先至其新竹縣峨眉鄉住處，欣賞其創作別具特色的陶瓷藝術品。

龍影赴苗栗縣頭屋鄉探望黨部前輩張光實同志賢伉儷，並致兩本拙作留念。

臺銀總行政風處孔憲台處長伉儷(右一、二)，蒞臨龍影書齋拜訪(左為龍影堂弟政鈞總幹事)。

龍影之長女怡嫻訂婚時，龍影請四大美女擔任貴賓接待(左至右：錦芳、洪桂、秀珍、淑君)。

官聲燐宗長(中)榮獲第33屆全國模範農民。

全國劉姓宗親總會 劉炳均副總會長賢伉儷(右)對龍影多所關照與勉勵，亦師亦友，如兄如弟。

民國八十三間龍影服務於台北市開平高中與同鄉同學的天琪(右三)、錦芳(右二)、秀珍、苓嬌(右一)聚會於秀珍(後排右)華宅。

苗栗市 宜安旅行社負責人朱小玲(左二)邀其兄朱文蔚上校(左一)及龍影義弟原景良上校(右一)，蒞臨木鐸山龍影書齋聚敘、相談甚歡。

作家琦香(右)全家探視當年駕偵察機至大陸福建偵察的紅狐中隊隊長，國家空軍英雄，已九五高齡的謝翔鶴伉儷(中)。

龍影敬仰的前台灣省政府主計處會計主任張俊生大老，今已九八高齡、神采奕奕。(右為其夫人)

台北市開平餐飲學校創辦人夏惠汶博士 (右二)蒞苗栗，龍影與開平傑出校友林建中董事長(左二)熱情接待。

台中市藝文界好友，由摯友啓瑞兄(二排右三)，安排前來龍影木鐸書齋參訪歡敘。(中為李峰大師、著名民歌手陳明左三)

龍影年初九下午特別至台北 中和向前穀保家商 鄭學忠校長伉儷拜年合影！

黃序

飛奔在寫作路上的「龍影」又出書了！

勤奮筆耕、著作等身的龍影又要出書了，他的第二十一本滾燙新書正式問世，書名龍影見聞錄，所見所聞、所思所為，標記著他生命中的一個里程碑。誠摯地恭喜老友！

民國六十年代，我在西湖國小任教時，知曉龍影的夫人柯老師在西湖國中教國文。稍晚我才有機會認識也在教育界服務的龍影，迄今也有數十年的歲月了。龍影在高中職校服務二十餘年，教學之餘勤於寫作，更為青年學子撒下文學創作的種子，嘉惠學子、雄居文壇。

我從公職退休多年，逐漸對日子沒有很鮮明的概念，過了今天有明天，過了明天有後天，過了後天還有大後天。去年底，龍影賢伉儷來到寒舍，邀請參加明年春天的新書發表會。今年上半年我夫妻倆前去蓊鬱樹木相鄰的木鐸書齋拜訪，龍影再度當面邀請出席預定次年春天的新書發表會，我當時深感他誠意十足，請帖來得未免太早了吧！

十一月下旬我不在家，龍影親自把大疊文稿送到我家，讓我先睹為快，並蒙不棄特囑十二月中旬之前寫幾句話為序。獲悉這項突如其來的任務，除了異常欣喜之外，還有更多的是惶恐。當我一口氣看完這一百篇細密與真情的散文後，佩服得五體投地，也羨慕不已。冬去春來就要新書發表會了，文集付梓的日子就迫在眉睫，案頭的序文還沒動筆，我真的有點猶豫，突然警覺歲月如梭，日子過得真的好快喔！

龍影接受典型正統的國文系所教育，通過嚴格的文字學、訓詁學、修辭學及寫作技巧訓練，文學底蘊深厚。他是有思想、有智慧、有教養、有個性的當代知識份子，剛出社會就在民眾服務社工作，近距離看盡政治人物一生起落沉浮，體悟德國哲學家康德名言「政治是最高明的騙術」。累積多年豐富的社服經歷之後，人脈豐沛、關心政治但不參與選舉。最後，他選擇進入杏壇作育英才，同時加入文壇一展長才，以償宿願。

我跟龍影一樣庚寅年出生屬虎，都已經到了隨心所欲不逾矩的年紀。有人說青年和老人的區別，在於前者前程似錦、後者功成名就。若以此標準來評價龍影，他已功成名就，但是，他「永遠積極看待未來」。在杏壇、在文壇活躍的他，滿懷朝氣、勇氣和智慧，從不止步於昨日的成就，而是永遠奔跑在築夢的道路上。單以成就這本著作的出版而言，他孜孜不倦、筆耕不輟，樂於尋找新課題創作出更多更好的作品。

從第一篇「風雨之聲」開始於民國一一〇年的七月十六日，最後一篇「霧峰藝文之旅」結束於今年十二月十六日，前後只花一年半時間，幾乎是六天完成一篇文稿，且百分之四十的文章在前三個月完成。如果不是那顆年輕奔放的心和強烈的動機驅動著，一般人是辦不到的，所以我要說「龍影真的還很年輕」！

民國八十三年十月，我離開苗栗縣政府教育局長職務之後，擔任台灣省府教育廳督學兼任「師友月刊社」的社長，當年我致力於讓自己主持的刊物，「刊登讀者想看的文章，而不僅僅是作者想寫的文章」。八十五年，我擔任台灣省府教育廳台灣書店總經理，我同樣期勉自己，要「出版讀者想看的書，而不僅僅是作者想寫的書」。同樣以這個標準來評價這本散文集，我要負責任地向大家力薦它，龍影見聞錄篇篇都是「讀者想看的文章」、是一本「讀者想看的書」！

龍影見聞錄依寫作時間先後順序收錄的每一篇小品，即興抒寫零碎的感想、片斷的見聞和點滴的體會。篇幅短小、形式多樣，兼具有議論、抒情、記敘的多重表現方式。議論時事，龍影以自身的社會服務經歷切入，通常帶著較強的主觀色彩，論點深刻、分析透闢。透過講事實、說道理等多種面向，分析事理、明辨是非、權衡利害、判斷真義。在此同時就已隱約浮現客觀性、哲理性和說服性，令人心服口服。

描寫人生、反映社會、寫景抒情的文體，堪稱文情並茂。緣於龍影夫妻恩愛、鶼鰈情深、志趣相投，寫作時沉浸在美滿家庭生活的意識中，心靈自由的翱翔。回到面對現實則融情於事、融情於景、融情於理，通過作者的生花妙筆，真摯情感，展現真善美，達到共構恬靜舒心逸境。記敘時，龍影則以材料的豐富、超凡的記憶與文筆的多姿見長，理智的敘述自己的所見所聞。偶而作者會不自覺地加入自己的喜、怒、哀、樂，筆尖常帶有深厚的情感。

龍影擅長各種修辭手法，為文從自然中求變化，流暢中求跌宕。字裡行間有生命常伴無常的了然，有生活舒適平靜的表白，更有生機盎然繁花似錦的絢爛。真誠傳達自己的見解和情感，引人入勝、扣人心弦。整本書瀰漫著真情至性，儼然是作者一年多歲月流逝中的生活日誌，無形中與閱讀者串聯深層的溝通，油然升起「逝者如斯夫，不捨晝夜」的慨歎！

新書誕生之際，鄭重推薦這本書，確為舊雨新知忙碌中，求取平靜恬淡生活的最佳精神食糧。

黃新發

二〇二二年十月三十日

黃新發博士：

歷任：

一、苗栗縣政府　教育局局長

二、台灣省教育廳督學

三、台灣省政府　教育廳　台灣書店總經理

四、教育部　中部辦公室　副主任

五、教育部　國民暨學前教育署副署長

現任：

一、苗栗縣中央及地方退休公教人員協會理事長

二、國立彰化師範大學、國立聯合大學　兼任助理教授

鍾序

用文字雕琢生命的藝術家

認識龍影是在我岳父辦理一個宮廟活動的場合，攀談之間，觀察到他那雙充滿熱情的眼神，有種對生命熱愛的執著，覺得此人必定是一位對生命有著旺盛企圖，對想法永不停歇的文字工作者。

果不其然，在閱讀他相關的著作裡，透露出一種與眾不同的特質，文筆流暢、敘事入裡，每篇簡淺易讀，貼近你我，對他無事不可為文，無處不可抒思的才情，深感欽佩；是個道地的文人雅士，以文會友，相知相惜，頗有古人之風。同時也驚訝他如此勤於筆耕，數十年不輟，有如此豐沛的人生體驗與源源不斷的創作生命。

個人在從警過程中，有段期間亦常埋首於筆耕，被某位警界首長納為文字幕僚，在今天來講就是寫手或小編，但那種寫作的心境，像是受命行事，長官日理萬機無暇執筆，就委由我為他做客製化服務，比較像匠藝，而不是文藝，就如同受人委託製作而成的木雕一樣，總是缺少一份自己的靈魂。

自從拜讀了龍影的著作後，深深覺得他才是生活的藝術家，能把寫作當成樂趣，把生活點滴、生命歷程、所思所見，上自天文，下至地理，無所不包，隨手拈來，落筆成章。足見他是一位真性情、思無邪的文人。即興隨興式的創作，也帶給人一種閱讀上的悠閒適意感，沒有壓力，不帶刻意，揮灑自得，怡然自若，如同瀏覽一幅天地自在的山水圖畫。

如按輩份算，龍影算是叔執輩了，但他待人誠懇，有一種溫柔敦厚的客家人本質；對生活周遭充滿關注，對人文歷史多所涉獵，對宗族血脈心繫萬千。記得，多年前，我在警政署任警政委員時，有日他突然造訪，言談之餘，他提到想認識當時甫從保一總隊長陞任副署長的官政哲大學長，剛好我與他交好，乃二話不說帶他與夫人往同一棟大樓的官副署長辦公室，同為官姓宗長，一位是警界孚望的法學博士，一位是著作等身的榮譽博士，兩位官博士認祖歸宗，結為莫逆，不能不說是憑著官老師的一股熱忱與血脈相連的宗族情懷所促成。

官老師是個很念舊的人，他與我岳父劉炳均有著深厚交情，對我岳父非常敬重；他們之間，結交近半世，曾經走過共同的時代歲月，打拚過共同的革命志業，留存著不可磨滅的共同記憶，這種人生的豐富閱歷，其實就是一本永遠寫不完的書。

感謝岳父的引介，有緣能夠認識官老師，也承蒙他的抬愛，為其第二十一本著作龍影見聞錄作序，他的文才不必多言，有感於他的為人與處世待人的風格，值得我尊敬，這種終身踽踽於紙上耕作，用文字雕琢生命的藝術家已經不多了。

鍾國文

二〇二二年十二月二十八日

鍾國文校長：

歷任：

一、苗栗縣警察局　局長

二、台中市警察局　副局長

三、新北市警察局　副局長

四、保二總隊　總隊長

五、警政署　警政委員、主任秘書

六、國立台灣警察專科學校校長

吳序

也無風雨也無晴

田園詩人王維在他的詩作「終南別業」：「中歲頗好道，晚家南山陲，興來每獨往，勝事空自知，行到水窮處，坐看雲起時，偶然值林叟，談笑無還期。」，每次到苗栗市木鐸山莊拜訪官大哥時，常常覺得官大哥似是隱居山林的現代王維，這首「終南別業」詩中的意境，行到水窮處，坐看雲起時，彷彿山林間的寧靜即在眼前，隨意自然的境界，也似乎俯拾即是，人生至此的圓融圓滿，彷彿不假外求，歸樸返真，樂天知命，安享田園的閒情逸致，似乎是官大哥目前的最佳寫照。

民國一〇六年我的老長官官政哲副署長退休後來苗栗縣警察局演講，透過他的介紹與官大哥相識，官副署長與官大哥是同宗同源，我則是十分偶然的機緣巧合，以此因緣相識，之後即相知相契，不斷的以文會友，以友輔仁，承蒙官大哥的愛護，我有多篇新詩刊登在官大哥的龍影雙月刊，古代有所謂的文人相輕，而我們卻是文人相重，互相器重，相互欣賞進而引為知己好友，在詩文交流中，我學習很多官大哥的人生態度與哲學，特別是他的精進不已的精神，勤耕不輟，敏捷思維，信手拈來具是一篇篇至情至性的好文章，每每讀後實在令我讚佩不已。

官大哥學富五車，藏書之豐，世間少有，而且夫人柯淑靜女士與子女三人、女婿均國學造詣深厚，在與夫人多次會面時，方知她是師大國文系畢業，擔任多所苗栗縣國中的國文老師，一門書香，夫人人如其名，淑德嫻靜，淑雅靜芳，在二〇二一年五月也出版「芳草年年綠」一書，這本書我閱讀再三，內容豐富，涵括散文、詩詞曲、易學、佛學及學術專文等，而且具備古文深厚底蘊，文字中帶有濃郁的歷史哲學印象，多篇文章中提到孔子、孟子、莊子及墨子，始知文學浩瀚無邊無涯，官大哥賢伉儷各擅勝場，勤於筆耕，世間難得如斯佳偶天成哉！

官大哥行年七十有餘，已經出版了二十本巨作，將於今年出版第二十一本書，不禁令我想到歷史上宋朝的陸游，他的一生著述極為豐富，在詩、詞、文章均有著述，特別是詩，一生作詩九千二百餘首（為其刪汰及散佚者尚不在內），是我國詩歌史上產量最多的詩人，無論一草一木、一魚一鳥，均能入詩。官大哥則是散文大師，著作等身，一花一世界，一葉一如來，他的散文取材廣闊，而且形象飽滿，感情豐富，行雲流水，對人事地物觀察敏銳，因此創作元素多元，隨手可得，信手拈來，俱是令人反覆閱讀，深有共鳴，而且是感同身受的好文章，他的作品中所表現的對人生的悟境與達觀，代表了他在文學上的最大特色，「文章千古事，得失寸心知」，我要特別引用陸游的詩句來形容他的人生哲學，「看盡人間興廢事，不曾富貴不曾窮」和「殘年自有青天管，便是無錐也未貧」這樣的豁達使他的文學造詣與思想，更加充滿天地之間，豁然開朗的個性活力，而這也是我最要學習及自我勉勵之處。

我最近非常憧憬於冰心於一九二四年赴美留學前，託梁啟超題字清朝中後期的文學家、思想家龔自珍的詩句「世事滄桑心事定，胸中海岳夢中飛」，希望自勉也期盼官大哥的創作之路不停延伸，二十一本巨著完成後，還有二十五本、三十本、四十本呢！這也是個夢想，卻也實踐在筆下，就在當下，走筆至此，令我想起李白的詩「問余何事棲碧山，笑而不答心自閒，桃花流水窅（ㄧㄠˇ）然去，別有天地非人間」，這樣的人生寬朗的境界，令人激賞，木鐸山彷似碧山，今古心境相通，我在綠川南岸，為您擊掌。

吳啟瑞

二〇二三年一月二十日 小年夜

於台中市綠川河畔

吳啟瑞先生：

中央警察大學四十六期畢業、國立中正大學犯罪防治研究所碩士。曾任分局長、督察長、副局長、警政署科長、台北市分局長、刑事局偵防中心主任、台中市交通大隊長、警政署督察室組長、警監督察等職務。

曾出版星空遊子等數本新詩集，素有「警界詩人」美譽。

曾榮獲苗栗縣夢花獎、南投縣玉山文學獎新詩首獎等榮譽。

出版序

龍翔天際　影舞人間

我投入出版專業超過二十年，接觸的作者自然不在少數，能持續合作超過十年、不間斷寫作的，恐怕不超過十位。而龍影老師更是那少數當中，讓我印象深刻、十分景仰的重量級師長！

因著特別的機緣，我有機會認識「作家」身分以外的龍影老師。無論是為朋友出力推動事務、為家族宗親效力、甚至為家庭子女費心照護，龍影老師展現的圓融、智慧都讓我有很多的學習、反思，非常佩服。龍影老師的文章就如同他的日常，看到他如何面對生活中的驚慌、失落、無助，也許是積極應對、採取科學措施，也可能淡然以對，甚至默然接受。

閱讀者不必有壓力，文中自然有與我們生活共鳴之處，有著龍影老師的處世智慧，這些人生智慧從每篇短短的小品散文中自然植入，沒有教條式的訓話，卻有飽足的成長養份！寫文章，不僅是對龍影老師自我療癒的過程，這些篇章也療癒了眾多的閱讀者，恰巧呼應龍影老師「生活作家」的美譽！

龍影老師於二〇二一年開始規劃這本龍影見聞錄之出版，不僅已訂好全書篇幅數量、稿件進度排程、發表會場次時程等，二年內完全按照規劃甚至提前達成，這跟多數人對作家的印象，大多為隨興所至、自由步調、自我中心等等，實在截然不同，也是龍影老師一再讓我驚訝且佩服之處，如此理性、感性兼備、勤勞筆耕的作家，真的是太少見了。

非常榮幸能為此書為序，衷心恭喜龍影老師心想事成、恭喜各位有緣的讀者能一讀龍影老師的生活智慧。

商鼎數位出版有限公司　總經理

王銘瑜　敬筆

二〇二三年二月五日

自序

與時俱進，驀然回首，我在一步一腳印！

這本龍影見聞錄拙作是我第二十一本創作，而「龍影文訊」也是我慘澹經營了二十一期的刊物，這次新書發表會則是我第十一次的發表會，大多數拙作是自費出版，少部分是摯友贊助，在缺少經濟與人力資源下，我為何依然邁步向前走，不敢說是胼手胝足、披荊斬棘，只因為有許多的讀友與知音的認同與鼓勵，只因為「讀書、教書、寫書」的興趣，那種無以言喻的驅動力，促使我馬不停蹄地想追尋人生的目標與無法克制的使命，直到我身心交瘁，無力筆耕而後已。

這本龍影見聞錄是我邁入七十後的第二本回憶錄，在台灣蕞爾小島上，擠滿了二千三百多萬人口，我從少年、青年、壯年至今七十而不惑的中老年；從政治、經濟、文化、交通、教育的變革與演進，我似洗三溫暖一般，體驗了三個世代不同的價值觀及傳統與現代文化的衝擊，有了不同的思維，許多文友稱我為「生活作家」，我只想將自己每階段「所見所聞所感」能夠記彙集成書，給我文友、讀友、摯友、親友來分享，更希望給年輕的朋友們作為勵志向上的讀物。

我的一生與一般人一般，充滿戲劇性，也走過不少的坎坷路。少年時期我曾輟學當報童、學徒，青少年時期，我曾當工地苦力，練就一身體能，大學時期受人譽稱「文武青年」。當進入社會，走進黨務、教育職場，工作壓力與責任感，迫使我的身心俱疲，直至我黨工退職，教師退休後，才更勤於寫作，自我療癒，並順利獲取一些附加價值的榮耀，堪值自我安慰與犒賞。

有人說：「不要有煩惱，除了呼吸，其他不重要，除了現在，什麼都忘掉，心事像羽毛越飄越逍遙，有什麼煩惱，除了心跳，沒什麼大不了。」的確，做人處事，要懂得看開放下，不能事事跟人比較與計較，我也開始修身養性。妻是虔誠佛教徒，是熱心慈濟人，更是我家中的活菩薩，影響我至深，尤其在與台中市的幾位藝文人士接觸多回後，方理解心靈交會的感動，我不再執著，要學會更謙卑自己，尊重他人，擴大格局，善緣知己，互為推崇，成就彼此，才能自我實現啊！

這本龍影見聞錄共彙集了一百篇小文，共花費了一年半時日完稿，感謝商鼎數位出版有限公司的精心排版、印刷及王總經理銘瑜的精萃出版序，更感恩前教育部國教及學前教育署副署長、現任苗栗縣退休公教人員協會理事長黃新發博士與國立台灣警察專科學校鍾國文校長及警政署警監督察，也是警界名詩人的洪啟瑞摯友的贈序鼓勵，及各界至親好友的推薦下，能讓這本拙作龍影見聞錄提早出版面世，並選定在我新竹故鄉及苗栗家鄉各辦一場新書發表會做小內宣，尚請各位摯友、親友及文友能舊雨新知，讓這本拙作在您加持下，更能賦予不同的意義，感恩！

官有位（龍影）

筆於二〇二三年二月十日

苗栗木鐸書齋

作者簡介

官有位本姓關，因避唐黃巢之亂，改姓官，筆名龍影，新竹縣芎林鄉人，定居苗栗縣苗栗市木鐸山已逾四十五載，新竹是其故鄉，苗栗是其家鄉，中國山西則是他的原鄉。

寫作超過三十五載，出版作品超過二十本，以散文為主，新詩為輔，逆風擺渡、彤霞鴻飛、承擔與放下、隨緣隨筆等散文集及真情無悔、牧心集等新詩集是他得意代表作。六十二歲教育界退休後，不斷筆耕，榮獲「中國文藝獎」、「中國山東棗莊學院榮譽中文教授」、「美國加州世界藝術文化學院榮譽文學博士」、「台灣官氏傑出優秀人才名人錄」、「大學、高中、初中、小學傑出校友獎」。去年更榮獲新竹縣文化局列入「百年耆宿藝文傑出人士」等多項榮譽。

目前擔任台灣中國文藝協會理事、中華民國新詩學會理事、台灣官姓宗親顧問團聯誼會會長、新竹縣官姓宗親會顧問、苗栗市福安宮 管理委員會顧問、龍影文訊季刊社社長、龍影文藝寫作研究坊負責人。

新詩方面，目前仍是中華民國新詩學會會員、世界詩人大會會員、「櫟社」詩社社員。

龍影自許一步一腳印，似「雪泥鴻爪」般能繼續留下一篇篇、一本本的生活紀錄，龍影更期望自己能似彩霞滿天時的鴻鵠，展翅高翔，再回望所達到的理想，繼續與文友們分享。

目　次

一　逆風擺渡篇

二　孤鴻映雪篇

三　坐看雲起篇

四 彤霞鴻飛篇

五 隨緣隨筆篇

六 芳草年年篇

七 呼喚吶喊篇

八 真情無悔篇

九 浮生漫語篇

十　承擔放下篇

一 逆風擺渡篇

午與夜的十四行

一個人
一本詩篇
一支墨水斷續的筆
一處人跡稀疏的海灘
一架不經意消失在眼前的風帆
一雙不必思想且不定焦距的眼瞳
就是這樣一個廉價而悠哉的午夜

一顆星
一經山路
一抹野百合隱約的清香
一記迴盪不已的廟院鐘聲
一盞在遠方閃熠招喚的農舍燈火
一則被刪卻部份章節的愛情故事
就是這樣一個陌生又熟悉的夜晚

～綠蒂

01 風雨之聲

佛教有謂：「地水火風、四大不調。」及「人生無常，國土危脆。」近年來全球天災人禍不斷，大自然的反撲，讓本來充滿浪漫詩意的自然現象，成了殺人噬血的景象，國內今年乾旱已久，偶然一場及時雨，即是久旱逢甘霖。七月二日中國河南鄭州洪澇成災、死傷慘重，瞬間的暴雨沖失了不知多少生命財產，令人驚心痛悼、烟花中颱之襲台，讓國人忙著防疫又防颱，相信大家的心情都有不可承受之重啊！

古今詩人多喜以風雨為文，有關的成語如「風雨生信心」、「風雨故人來」、「風雨無阻」、「風雨同舟」、「風雨如晦」、「風雨操場」、「風風雨雨」、「腥風血雨」、「微風細雨」、「狂風暴雨」等等名句，另古詩人如東晉陶淵明之停雲並序，開頭即「靄靄停雲，濛濛時雨」來懷念親友。再如唐王維之渭城曲：「渭城朝雨浥輕塵，客舍青青柳色新」之送別心情與積雨輞川莊作首句：「積雨空林煙火遲，蒸藜炊黍餉東菑。」表達久雨後的心境，再如游次公的卜算子：「風雨送人來，風雨留人住。草草杯盤話別離，風雨催人去。」男女親情，用大自然的風與雨來託情寄意。

許多文人喜歡蘇軾的「定風波」詞：「莫聽穿林打葉聲……回首向來蕭瑟處、歸去，也無風雨也無晴。」是如此有詩情有意境哦！

自覺年輕時是充滿夢想與幻想的文藝青年，說好聽是充滿理想，迸出創作火花，說現實些，有點是不食人間煙火，整日在做白日夢。如今筆耕三十餘載，年逾七十，對人間事的看法，有如禪宗五燈會元一書中曾記載唐代禪宗大師青原惟信的一段話：「老僧三十年前未參禪時，見山是山，見水是水，及至後來，親見知識，有個入處；見山不是山，見水不是水，而今得個休歇處，依舊見山只是山，見水只是水。」告訴了我們人生三階段，即「見山是山，見山不是山，見山還是山」，不論是山水或是風雨，經過詩化過程後感覺即不同啊！

筆于二〇二一年七月十六日　山城之雨

02 生命樂章

疫情期間我們善良守法的百姓，除了每日緊盯電視新聞，了解全國每日確診數與死亡數，也在網路中了解疫苗的種類與安全性，我雖也迷惘、擔心自己是實驗中的白老鼠，但相信專家的判斷，打了比沒打要安全有保障，首劑與妻都打了莫德納，下劑是莫德納、AZ、還是其他，就靜待通知安排了。

這段日子閒著也是閒著，開始雇工將家園前院駁坎的藤蔓雜草，清除得一乾二淨，並另請泥水師傅全面粉刷水泥，讓蛇鼠無所遁形而逃之夭夭，另請除草師傅將社區彎道交通標示牌旁大片雜草清除，維護行車視線、確保交通安全，花了不多的經費並做了公益，功德一件，利人又利己，何樂而不為。

趁疫情在家期間與妻責任分工，我整理家園外觀與書齋整潔，妻則負責住家中庭與住家一至四樓之清掃，年紀已進入七旬，工作起來不比當年之體能與耐力，總是氣喘吁吁，分幾個時段工作。妻將家裡有多本大小相簿概括分類整理了足足十九天，從黑白照到彩色照，從兒女幼小至現在之成家立業，一張張照片、代表一件件故事，妻沉醉在照片的回憶中，頗有幸福快樂的感覺。

我則將家裡的黑膠唱片、卡帶及CD唱帶重新歸類，除了黑膠唱片無電唱機可聽，舊時國語老歌，卡帶、CD少說也有兩百張，從兒歌、校園民歌、唐宋詞朗誦，國語老歌至佛教歌曲，我均聽了十數遍，可說耳朵聽到長繭，也不感厭倦呢！年過七十，兒孫不在身旁，雖言放下，想念兒女與孫輩自是天性使然，我執著的個性，與妻仍無法放下心中那塊肉呢！

論人生經歷我也與許多人一樣，看盡人間冷暖、論交友情況，我也曾交遊滿天下，如今逐漸走到人生盡頭，回歸本性與落葉歸根的意念竟如此強烈，在官家莊的群組百位宗親中，我尋到了記憶中村莊多位的晚輩，他們多已為人祖父或祖母，我才警覺自己在時光隧道中找到童年往事，與如今被這些晚輩崇拜為榮耀的指標，讓我更感慚愧，需要在歷史的長河裡，繼續領航一艘小小的風帆吧！

筆于二〇二一年七月二十一日　苗栗木鐸書齋

03 皮膚之疾

去年十月間全身皮膚長疹發癢，找過不少中西醫診所、服過不少藥物、擦過不少藥膏均未見好轉，診所醫師未能確切診出什麼皮膚病，說法莫衷一是，甚且只說是皮膚過敏，讓我失望，只好病急亂投醫，花費雖不少，對病情毫無進展，日夜搔癢難眠，搔出的皮屑簡直不敢想像的多。

妻每日早晚耐心地幫我全身擦藥，直到半年後方不掉皮屑，也不再奇癢，以前從未發生此症狀，我想會是業障病吧！折磨了近一年呢！

有藥師說像是異位性皮膚炎，有藥師說是尋麻疹，更有醫師說是像牛皮癬，經自己在網路查看資料，比較像是牛皮癬，據資料顯示牛皮癬的發病原因相當複雜，主要和自體免疫功能異常與遺傳，免疫功能障礙，內分泌失調有關，這是由於體內的免疫系統發出錯誤的訊號，而導致攻擊自體所引發的結果，可能的誘因與感染。特別是上呼吸道感染，還有情緒壓力、精神創傷或與過度勞累等因素有關，某些降血壓藥物及治療免疫疾病的藥物，用多也可能導致T細胞出錯，進而引起牛皮癬。

經與家人研究與資訊蒐集判斷，我上網購買了近兩千元的百癬膏擦拭、早晚兩次，已有明顯的進步，但也無如廣告誇大效果。近一年來我與皮膚病為友，嚴重時兩手背潰爛，夜眠不自覺會抓傷流血，只得把指甲剪掉減少自傷，出門就兩手背套上白色繃帶，減少心理壓力與外表形象。

去年十月皮膚病發，十一月又發生小車禍，犯了血光之災，妻最是辛苦，照顧可謂無微不至，去年我車禍處，曾先後發生多次大小車禍，目前政府單位已裝了紅綠燈，亡羊補牢總不會太晚。至於我的皮膚病，只好繼續藥療與食療，希望身體也能因此增強免疫力而自我蛻變吧！

筆于二〇二一年七月二十二日　山城之夜

04 神往蘇東坡

談到大文豪蘇軾（東坡居士），可謂無人不知、無人不曉，他是北宋時著名的文學家、政治家、藝術家、醫學家、工程師、書法家，有人譽他為古來中國文學界之十項全能，我有幸在多年前獲得林語堂先生所著的蘇東坡傳，閱讀再三，愛不釋手。這本林語堂先生的「傳記文學」，描述蘇東坡的一生與經歷，既生動又有條理，考證亦算完美無瑕，讓長眠九百二十多年的蘇東坡透過時光隧道回到現實，雖然他只活了六十四歲，但是他生前著作留下一千七百多首詩詞，八百封信件，數不清的短記和題跋，不少奏議、碑銘、雜文，還為朝廷擬過八百道聖詔，別人談論他的文章更不計其數。

蘇東坡在中國歷史上的特殊地位，不但是基於詩詞和散文魔力，也因為他勇敢地堅持自己的原則與主張，他的個性和主張成了盛名的「骨幹」，而文風和用語的魅力則形成了靈性美的「肌膚」。蘇東坡是詩人兼作家，他的盛名也是靠這方面得來，他作品的特色就是給人快感，寫作的時候最快慰的則是作者本人。蘇東坡在被放逐期間，每次有新詩傳到朝廷，宋神宗都會當著眾臣讚嘆一番，正因此而得罪許多政客小人，要不是今天「民主」一辭已遭到濫用，他會是一個真正民主的大鬥士。

蘇東坡八歲到十歲間，他父親蘇洵進京趕考，落榜後就四處遊歷，由母親在家教導他，他小時候除了讀書，還有很多別的興趣，放學後他常回家偷探鳥巢，他母親嚴禁孩子和丫環抓小鳥，日子久了小鳥知道這兒不會受到干擾，有些鳥兒就在低枝上做窩。蘇東坡幼年時，中國正逢宋朝最賢明的君王，特別支持文學和藝術，在國泰民安的政府中好人當道，不少文學天才都繼而點綴朝廷的文采，這時候他才會聽到歐陽修、范仲淹等人的大名，蘇東坡除了有文學藝術多項天才，事實上也下過不少苦功，他和弟弟子由積存大量文學和古籍知識，準備應考公職，當時公職考試要遵守標準和格式，就像現在的博士論文一般，要合乎一定標準與下過相當的功夫。善於記事實要有相當智慧，太創新自由發揮反而不易錄取，很多傑出作家例如秦觀等詩人，始終無法過關，蘇洵弱點大概是詩韻，考詩詞需要相當的措辭技巧和機智，蘇洵卻只對概念有興趣，不過做官是等著唯一飛黃騰達的出路，除了教書也是唯一的職業。

有人說蘇洵天賦較佳，不過蘇東坡學識比較淵博，蘇洵一向支持簡樸的文風，反對當時流行的華麗風格。後來蘇轍與蘇東坡先後考上進士，類似今之博士，而蘇洵因兩子而貴也被任命為校書郎，不必考試如同今日的榮譽博士吧！

三蘇的學術和寫作聲譽一天天增高，他們結交國內最著名的作家，自己的詩文也受到廣泛的敬愛，在唐宋八大家中，蘇家即佔了三位，大家已把蘇家視為文壇奇景，蘇東坡愉快、衝動、企圖心旺盛，心境如一匹脫韁的野馬與展翅的雄鷹，打算衝入旋風去征服全世界，他的弟弟又是知己的子由、沉默穩重，還有一個見解獨到、精神不屈，性格孤傲的老父蘇洵，構成了中國文學界的鐵三角。蘇東坡成功的背後充滿艱辛，由塵世標準來看，他的一生相當坎坷不幸，尤其文人從政直言敢諫，均落到痛苦下場。東晉田園詩人陶淵明，盛唐詩仙李白、詩聖杜甫、詩佛王維等等皆然，正如林語堂先生在其蘇東坡傳中末語所說：「讀到蘇東坡生平，我們等於追察人類心智和性靈，暫時顯現在地球上的生命，蘇東坡逝世了，他的名字只是一段回憶，但是他卻為我們留下了他靈魂的歡欣和心智樂趣，這些都是不可磨滅的寶藏。」

筆于二〇二一年七月二十五日　山城之晨

05 淺談壓力

談到壓力，每個人不可否認地會承認自己，在生活中遇到或多或少的壓力，學生有考試壓力，大人有工作的壓力，有業績的壓力，另有房貸的壓力，有婚姻的壓力，運動員有比賽的壓力等等，也因為有適度的壓力，才能有競爭力與潛能創造力。但如果給自己或給他人過多過重的壓力，可能造成憂鬱、躁鬱、不堪設想的後果，如何減少壓力或紓解壓力，在當前競爭激烈的社會裡，的確是非常重要之課題。

面對這些無可避免大小的壓力，要如何看待？正如法鼓山聖嚴師父說：「遇到問題要面對它、接受它、處理它、放下它，或是「轉念」。但說得容易，到底如何「轉」也需要有一定修養與心態，過去曾訓練美國西點軍校學生，面對戰鬥高壓的心理學家，以淺顯易懂的方式教人認識「壓力」、「情緒」與「選擇」，從中學習調適壓力，管理情緒、控制行為，創造選擇，不讓壓力來綁架我們的心智。

猶記得民國五十九年我參加大學聯考，因為壓力過大，導致考「三民主義」時漏寫了三題共二十一分的申論題，繳卷後非常懊惱，本欲放棄當日下午中外史地科目，陪考的家父非但沒責怪我粗心大意，反而給我安慰、鼓勵有始有終地考完所有考科，放榜後該科所漏寫，但仍得七十多分，在錄取率百分之十二的機率下，僥倖順利考上東吳大學，當初如因壓力，失誤及懊惱而放棄，可預料一定落榜，感恩父親的寬容與智慧。

既然每個人皆會遇到不同種類與不同程度的壓力。要如何紓壓與情緒管理，該是見仁見智的問題，有些人借酒澆愁愁更愁，正如「抽刀斷水水更流」，有些人藉吸毒來迷幻自己、逃避現實，事情非但未解，搞得身敗名裂或傷風敗德、禍不單行，何妨找最了解關懷你的親友來訴說，對方除了傾聽，也會給你更有建設性的建議。以我個人而言，寫作是最好的療癒，運動是最佳的秘訣，或到高山、到海邊呼喊紓壓，當然凡事要懂得學習看開放下，不要鑽牛角尖，盡量不需要去與人比較、計較爭鋒，所謂「忍一時風平浪靜，退一步海闊天空。」心胸自然達觀了。

當前全球新冠疫情嚴峻，確診與死亡人數不斷飆升，大家心中都似有塊石頭壓著，皆活在相當壓力的氛圍中，那種不安全性與不確定性，我們每個人只有確實遵守防疫規定，打好打滿疫苗，方能擺脫恐慌與壓力呢！

筆于二〇二一年七月二十八日　山城之夜

06 交通意外

自去年十一月下旬，騎機車與小貨車發生衝撞，撕裂兩根肋骨，足足休養一個半月後，對自己交通意外的警惕是更小心謹慎，在我發生碰撞車禍的十字路口，在一個月後政府工務單位已設置了紅綠燈，並非因我車禍而設置，在我車禍前十天左右，在同一地點發生死亡車禍，更早前也發生多起輕重傷車禍，真不理解為何十字路口不設置紅綠燈或黃色警示燈，一定要發生多起嚴重車禍，方有所作為，或許亡羊補牢，尚不為遲吧！

記憶中我發生過幾次交通意外，菩薩保佑，讓我重業輕受、平安度過血光之災。

第一次是民國七十年十月二十五日，我開著六百CC富貴牌中古國民車，載著家嫂與姪兒從苗栗返新竹，經過香山時左側輪突然掉落，後撞至三十公尺外路邊草叢，當時開車時速不及五十公里，感覺不對勁，慢慢靠路邊停車，經路人協助找回輪胎，電請舍弟找修車師傅前來修復後再開回家，事後想起那段經歷，著實出了一身冷汗。

第二次是民國七十七年間時任國民黨通霄鎮黨部主任，某晚因公務交際應酬多喝了幾杯酒，開車沿海線公路回苗栗。當年無嚴格取締酒駕規定，開至通霄到西湖中間，因不勝酒力，突然停車在路中間熄火後睡著了，足足有十分鐘之久，直到後方司機下來敲我車窗，我方驚醒道歉，繼續開車回到苗栗家，當年沒有手機又晚回來，直讓妻擔心驚怕不已，這也是我萌退職轉換教育跑道的原因之一呢！

第三次是民國七十九年，我轉任新竹縣東泰高中服務，某日開車隨校車載美容美髮科學生至北投參觀曼都美髮公司，路經百齡五路，因下雨路滑，後車闖紅燈剎車不及，撞及我車尾、車門及前窗玻璃破裂，經處理後我仍開車返回苗栗，人無受傷算是不幸中之大幸。

第四次是民國八十一年轉任台北市開平高中服務，開車苗栗、台北兩頭跑，某星期一一早開車北上，經過苗栗造橋收費站後，突然車子冒煙、水箱破裂漏水，皮帶又斷裂，這時高速公路車多擁擠，我下意識打右燈將車靠右路肩停止，躲過後方大卡車之追撞，經路邊公用電話聯繫，吊車來拖吊至頭份交流道下之修車廠修理，真是花錢消災，保住平安。

前兩年載妻同往榮總回診，看診後開車經過天母東路，因想從內線道切往外線道與中型貨車發生輕微擦撞，雙方皆有責任，經聯絡交警來現場處理，因雙方車輛無損害，只是虛驚一場，經警方讓我們做筆錄後，就各自回去，之後我就與妻搭國光號客運而不再開車至台北了。

年過七十後行動較遲緩，朋友與親人多不希望我開車或騎車，但為了因應現實生活，自己仍評估需要開車與騎車，只是速度要減緩許多，更要戒慎恐懼，期望平平安安出門，也能平平安安的回家。

筆于二〇二一年七月二十九日　山城之夜

07 靜夜二三事

昨晚十二點半，在睡夢中突感兩小腿嚴重抽筋，妻緊張地起來幫我搓背並讓我服了兩片鎂鈣，舒服些後，我下樓邊揉小腿邊看電視，睡意全消，打了幾個簡訊給摯友告知小腿抽筋事。我了解兩小腿是人之第二心臟，透過走路運動，可讓心臟更強健、血液更流通，有棟弟與學忠校長同時回訊說：「左腿抽筋舉右手，右腿抽筋要舉左手，相當有效。」而我兩腿同時抽筋，只好高舉雙手投降了。

這幾天請幾位泥水師傅，把書齋會館外圍牆壁，作水泥粉光加固，高陽熾熱，見師傅們滿頭大汗地辛苦工作，這血汗錢我就一毛不減地給付。在書齋圍牆內，我請師傅砌了三階水泥台，取名為「文苑台」，可透過小平台外觀整片蒼翠欲滴的林葉，家裡經濟不豐，但藏書與藝文卻可讓友人小小驚豔呢！

我與妻財產合一，無分彼此，修繕費用多從妻退休金支付，我可謂一生逐名求利無功，若非賢妻相挺，再多的著作與理想也難實現，感恩啊！

這段期間除了疫情，疫苗吵得沸沸揚揚，我與妻今年七月打過第一劑莫德納疫苗，原排在八月中旬打第二劑莫德納，突然政策有變，統一由中央分配，收回地方政府的權限，說什麼莫德納數量不足以打第二劑，百姓對未經過三期實驗認證的高端國產疫苗沒有信心，又不讓台積電、鴻海及慈濟購買國際認證以BNT一千五百萬劑疫苗快速進口，任百姓在AZ、莫德納、BNT及高端疫苗中混打，在疫苗嚴重缺乏之下，政府朝令夕改，似乎百姓成了白老鼠，怎不令百姓怨聲載道，對民進黨政府普遍強力不滿。

這段日期（七月二十三日至八月八日）是東京奧運台灣健將在秣馬厲兵，前往東奧為國爭光，這也是國人表示團結與榮譽的時機，但看國內一些政客，卻湊了一腳成事不足，反而敗事有餘，令人感到不可思議。台灣的運動、文藝或許多民間團體活動，例如環保等，只要政客介入，所有的好事，幾乎被汙染變調，真令人匪夷所思啊！

台灣目前意識形態在有心人操作下，愈顯嚴重分裂，台灣身處中美兩大強權擠壓下，政府嚴重縮小了國家格局，變成了美國一顆棋子，在兩大國爭霸下，我們國家要在縫隙中求生存，國家領導人要有相當的智慧與膽識，我們這一代憂國憂民之志士，也多已邁入六、七十歲，期許不管任何政黨執政，能讓我們百姓安居樂業，如孔聖所言：「老者安之，朋友信之，少者懷之。」

筆于二〇二一年七月三十一日　山城之夜

08 談名與利

孟子曰：「魚，我所欲也；熊掌，亦我所欲也；二者不可得兼，舍魚而取熊掌者也。生，我所欲也；義，亦我所欲也；二者不可得兼，舍生而取義者也。」本意不是說二者必然不可兼得，而是強調如果不能兼得的時候，我們應當如何取捨，金字塔頂上永遠是最稀少珍貴的，意在提醒我們在面對取捨時，應該如何做出選擇。

至於名和利，我們要如何抉擇與詮釋，名利，謂「名位」與「利祿」，「名聲」與「利益」，尹文子・大道上：「故曰禮義成君子，君子未必須禮義，名利治小人，小人不可無名利。」孫犁文學和生活的路：「你要是感覺名利老是在那裏誘惑你，就寫不出藝術品。」唐駱賓王〈帝京篇〉詩：

「古來名利若浮雲，人生倚浮信難分。」相較於魚與熊掌，我們一般人喜歡名利雙收，兩者可兼得，雖然佛家告訴我們：「功名如奔舟競伐，利祿如過眼雲煙。」普羅大眾仍相信「人為財死，鳥為食亡」及「人死留名，虎死留皮」呢！

當有些人名利雙收後，方考慮到健康比什麼都重要，例如香港首富李嘉誠、台積電創始人張忠謀、中國首富馬雲皆有感而發，所謂「官再大、錢再多、死神最終將你往土裡拖。」所以現代人也慢慢改變觀念，希望透過禪修、養生、放下而達到健康長壽及樂活慢活當下的境界。

古云：「十年寒窗無人問，一舉成名天下知。」「不經一番寒徹骨，怎得梅花撲鼻香。」都說明中國科舉取才的最佳方式，如今我國的文官制度雖有透過考試及銓敘制度取材為國晉用，但也有小人透過一些政黨特權管道進入政府單位，結果是「德不配位」或「資格不符」「專業不足」引起公議，甚至於貽笑大方，如此之名位與俸祿不足取，也是經不起考驗，一個貪念與無能，甚至使自己家破人亡或身敗名裂，這就是佛教所謂的因緣果報吧！

透過正當途徑，譬如選舉、考試，求取正當功名榮譽，賺取正當利益收入，自然心安理得，除了文官晉用考試制度，其他各界亦然，藍領農工階級憑體力努力掙錢養家活口，白領公教階級憑能力奉公守法，商業中上階級憑腦力創造財富，只要合法、合理、合情經營，皆是得當之名，也是得當之利，社會所謂的爭名奪利攀緣心態，當然就不足取了。

筆於二〇二一年七月三十一日　山城之夜

09 故鄉行

因疫情關係，有一段日子未回故鄉莒林探視自己手足兄弟，託現代科技之福，在官家莊群組裡，親族可互相「賴」來「賴」去。這次回鄉，也「賴」了幾位親族告知行程，並順路拜訪。

上午八時準備了幾盒伴手禮─苗栗肚臍餅及數組環保餐具，載妻開車起程經北二高下竹林交流道，首站至弟媳美芳開設之雜貨店。雜貨店位於莒林燥坑口，莒林國中路邊。回顧自己念莒中時，伯母及金嫂即開設，如今伯母與金嫂往生後，仍由姪子、媳婦經營，生意依然興隆，在超商、賣場成立後，老牌子的雜貨店早已不易生存，紛紛轉型或關門，但伯母這家百年老店，疫前疫後依然門庭若市，實不簡單，離開前，弟媳美芳送了一大袋禮物，盛情真難卻呢！

第二站，回抵故鄉官家莊，先去探視病中在家休養的三哥有襄，他見我回來，勉強從沙發坐起，一臉憔悴令人噓唏。其長子大暐及次子媳婦與兩孫在家，我要他們好好照顧其父。兩姪孫分別念國二與小五，對我這位叔公顯得異常陌生，真如唐賀知章「回鄉偶書」詩：「少小離家老大回，鄉音無改鬢毛衰，兒童相見不相識，笑問客從何處來？」之後我們又到附近出生地，另三兄弟連屋比鄰而居，大哥、二哥均逾八十歲，身體尚健安，過著隱居般生活，我們分送伴手禮後，與二嫂聊了十餘分鐘，請多保重後即離開，在離開前，我用心掃視了自己出生成長的官家莊，童年往事依然歷歷在目。

第三站至竹東，小堂妹春秀已代我向其姊春嬌經營的官氏菜包店，訂了兩盒菜包，另位春秋堂妹知我要去，已在店裡等候，多年未見，依稀認得出來。官氏阿嬌菜包店經營二十年，生意出奇地好，平時未先預訂，還無法購得，不到十點，早已售完，仍有多人前來問購呢！堂妹春嬌乾脆將鐵門拉下，四人在店內暢敘，兩位堂妹也過了「耳順之年」，知我前往特別等候，除我特價購得兩盒菜包外，春玉致送一大盒雞蛋、春秀致送一盒葡眾餐包，春嬌、春秋分別贊助我這位哥哥出書與季刊經費三千元與二千元，真是感動與感恩！

道別後，我們沿著浪漫台三線經北埔、峨嵋至頭份珊珠湖，順道拜訪了紹慶之妹妹，紹慶兄因中風十年，不敵病魔而於去年四月往生，我夫妻也前往參加其告別式，因他親友少，參加葬禮者寥寥無幾，當天上午天空不作美，淒風苦雨，深深感受到他生前的孤獨與死後的悲悽。

回到苗栗家，妻將竹東購得的菜包分別送給互動良好的鄰居分享，晚上約了忠黨愛國的誼弟景良伉儷前來家裡聊了家事、黨事、國事與天下事，紓解了情緒壓力。晚間想好好睡眠，半夜又左小腿抽筋，妻幫我搓搓背，讓我服了一片鎂鈣，我也依摯友建議的高舉右手，兩腳貼地及自扳腳板，雖感疼痛，但過了幾分鐘，總算平復，這時已近黎明，屋外雨聲淅瀝，了無睡意，靈感所至，即揮筆成文。

筆於二〇二一年八月一日　山城之夜

10 舊地重遊

在職場退休了近十載，喜歡帶妻到過去服務的地方或單位走動走動，所看之處可謂江山依舊、人事已非，所有印象深刻的同仁或政治人物，過往一些長輩、好友等，不是已歸天就是老邁，過去所經過的恩恩怨怨或是是非非，皆如過眼雲煙，如果自己隨著歲月而失智或失憶也就自然忘卻過去的過去，但偏偏我記憶性強，對過往所經歷的人、事、物，尚能記憶猶新如電影般歷歷如前。

昨日與妻陪同鄰居何太太到她獅潭老家新宅參觀，前望不遠處之獅潭民眾服務分社，遙想民國七十四年至七十六年，在該社擔任主任為鄉民服務。由於政黨的輪替，該社外表已然破舊，附近雜草叢生，當地之政治、經濟、教育、文化生態已然蕭條，當年鄉民人口近八千人，如今歷盡滄桑人口只剩五千多人，所相同的是鄉民依舊樸實、勤勞，待人謙善。

五月八日為連絡親友到新竹故鄉參加我夫妻新書聯合發表會，豈知連絡前苗栗縣銅鑼鄉民代表會主席劉秀雄先生時，其夫人告訴我他前年二月間已過世，前些日我專程至其府上拜訪，只見其夫人與女兒仍難掩難過，我捻過香安慰之後，劉主席生前硬漢柔情性格之影像一直在我腦海中盤旋。

通霄鎮、後龍鎮的地方基層選舉生態點點滴滴更讓人永生難忘，只不過那些我印象深刻之幾位政治人物與教育人士，多已在人間消失，只留下一聲聲的嘆息，尤其自已已邁入七十後，不再會「黨性堅強」般執著自己，老一輩的黨工只剩下少數幾位碩果僅存，除了長壽健康，我已不知什麼是人生價值與政治理念。

在民國七十八年黨務退職，連續服務過四所私立高中職，開始接觸教育工作的神聖與辛苦，民國七十九年首次在新竹縣東泰高中服務一年，負責招生文宣與日夜校國文、三民主義課程，感恩吳兆乾校長之幫忙，如今吳校長已八十有五歲，然不良於行，我與妻多次至苗栗大湖探視過他。

龍影與丹心桌球俱樂部兩好友合影，並回憶丹心的輝煌史。
(左為源順、中為龍影、右為梁盛)

民國七十九年受苗栗育民工家柯校長亮太（妻之堂兄）器重抬愛，回到該校擔任其秘書、公關主任三年，工作除任教外多以招生為重點。三年後我受推薦至台北市開平高中擔任夏校長秘書兼主任，負責學校多項事務，感恩夏校長重視我文宣，幫學校獲得台北市校刊競賽優勝。兩年後感謝黃錦榜校長牽成，讓我調回苗栗任教十八載，直至民國一〇一年退休。

在建台任教多年，良師、名師不少，但我僅與劉源順主任為首的教師桌球隊感情最篤，寫作方面與圖書館徐秋旺主任交情最好，人之相處端看緣分吧！交往好的迄今仍交情緊密，沒有互動的即如斷線風箏，如同徐志摩的再別康橋：「輕輕的我走了，正如我輕輕的來，我輕輕的招手，作別西天的雲彩……悄悄的我走了，正如我悄悄的來，我揮一揮衣袖，不帶走一片雲彩。」

每個人幾乎都有自己唸過的學校與自己就職過的職場，甚至於自己所住過的地方，當歲月逐漸流失、容顏逐漸老去，大家都會開始念舊與感傷，我個性也是如此，我較常回去自己生長的故鄉，至過去讀書的校園巡禮，找找懷念之同學、同仁、同袍、親戚或摯友，再不行動只恐他人已灰飛煙滅，自己也難保不會遺憾，尋到舊時地、看到舊時友，心中一定充滿溫馨與感動呢！

筆于二〇二一年八月二日　山城之夜

二 孤鴻映雪篇

月落木鐸山

～致龍影筆耕一生心田～

那背影彷彿陶淵明
至今東籬依然採菊
南山依舊悠然
涵泳在文章的國度裏
誰的嘆息
游過千年的時光
棲息在木鐸山中

月落木鐸山
眾星寂寂
大地無聲
斯人正振筆疾書
一筆一劃字字珠璣
書寫大江大海中
每一朵浪花的生滅
悠遊宇宙的每一個足跡
月河皎皎
流淌滿山的真情

～吳啓瑞

11 企業理念

我的堂弟有棟，旅居美國近四十載，他算是成功的旅美企業家，姑且不論他在美奮鬥的辛苦與賺了多少錢，我欣賞的是他那愛國愛鄉的情懷，與高瞻遠矚的國際觀及專業性的視野，雖然我虛長他幾歲，唸同一所高中、同一所大學，同樣是在官家庄成長的窮苦孩子，但他的胸襟與眼光遠遠勝於我這位至親的堂哥呢！

他對故鄉官家庄的關懷與改造觀念，令人佩服，尤其欲以企業化經營的計劃，讓官家庄的宗親可以不再貧窮，只是他恨鐵不成鋼，官家庄在百多位的群組中，沒幾個人能呼應他的計劃，倒是我提出官家庄的庄誌是否可討論時，他有不少的構想，與在台東大學南島文化中心服務的姪女佳岫有過人的熱忱與想法，無論是人力、財力他皆願提供，因此預估二、三年的庄誌在佳岫的專業指導下，已開始陸續蒐集文物與官家庄早期先祖的開發圖騰與原始資料，大家再按圖索驥，我也透過自己龍影文訊季刊社開闢「故鄉短訊」平台，來交換意見。

我以台灣官姓宗親顧問團聯誼會會長名義聘有棟為本會特別顧問，想藉他的熱忱與專業來為宗親會提供可行的方案與必要的支援。他因長期旅居美國，接觸不少上層政商人士，對美國與台灣的民族性與生活習慣做了不少客觀的評論，希望故鄉的宗親要放寬胸襟與放開視野，人生價值觀自然會提升，文化水準也自然會優化，不會因過於保守而阻礙不前。

有棟曾語重心長說：重孝道倫理，美國人不比中國人差，美國小孩從小學開始，老師就要求小學生去義賣巧克力，錢是捐給慈善機構的，小學就要開始創 family tree 家庭成員，知道自己根在那裡，小學開始就教如何儲蓄投資 piggy bank 現在甚至有些銀行都已對小學生發信用卡，（但要在家長或監護人名下學理財），大部分美國人都會樂意向年輕人分享自己的知識與經驗並祝福。但中國人的心態，就怕別人知道太多，一切藏在心裡，各自為政，這是很普遍的現象。到美國較久的華人前輩就比較放得開，沒有人會看不起你，也不會在乎你的成敗，這種觀念在中國社會是難以發現的。

的確，無論在美國也好，中國也好，他們大國的競爭力是無以倫比的，現在世界經濟環環相扣，沒有一國可以安然無恙，大家都要有危機感，我們從小到大也經歷不少次經濟危機，只是家裡有長輩撐著才感覺不到，但現在年輕人需要獨立創業，即可深深感受成家立業或謀生創業的不易，台灣無天然資源也沒多少富爸爸讓你去依賴，在父親節前夕，年輕人還是醒醒吧！

筆於二〇二一年八月七日 父親節前夕

12 風雨的互訪

盧碧颱風來襲前後，風雨不歇，雖然國內疫情減緩，有微解封的政策，疫苗不足的問題，振興券是否印發紓困，我們市井小民在滿頭霧水中，要匆匆作出抉擇，論語有言：「苛政猛於虎。」什麼是愛民、什麼是便民，我們感受到的是擾民。在一陣陣民意撻伐中，我們小民對這國家社會反其道而行，是沒安全感與不確定性。

在這幾天先後有原執行長伉儷，徐校長禮雲及堂弟政鈞冒著風雨之聲，前來木鐸山書齋暢敘，原執行長主談政事與黨事，談至激動處語氣高吭，一股氣壯山河、恨鐵不成鋼之態勢令人動容。徐校長冒雨前來，一句「風雨故人來」道出了我們因疫情久違的友情。談論主題大多是東奧桌運、賽車，興奮地如同是球評與球員，我所持態度則變成欣賞分享球賽，但當我們國家代表隊出賽時，一樣會血脈賁張。

跟著球員勝負對陣產生壓力，很難置身度外，用平常心來觀賽呢！當然這次東奧我們所榮獲兩金、四銀、六銅，比起往年是好許多，但對國光獎金分配，許多人卻有不同的心聲。例如：獲得金牌獎金貳仟萬元、銀牌僅柒佰萬元、銅牌伍佰萬元，以此下推，但這是奧運賽事各國獎勵不一，我們也不便置喙。

堂弟政鈞同日晚間八點蒞臨寒舍會館一敘，窗外風吹雨急，我們兄弟從家事、宗親事、國事到國際事無所不談，這些親友閱歷多，見識亦多，我與之聚敘，真有「聞君一席話，勝讀十年書」之感受呢！

父親節在即，兒子、媳婦星期日帶我三個孫子女從台北開車回到苗栗家，提前幫我過父親節，平時只有我夫妻守護家園，子孫回來可熱鬧不少，孫子女分別念小五、小三、小二，妻忙著打理午晚餐，雖感辛苦但也紓解對子孫的思念。兒子、媳婦帶給我兩包高級茶葉與一盒蛋糕，午餐後切了蛋糕，祝我父親節健康如意，妻也分別贈送小孫子女小紅包，當作背唐詩的獎勵吧！晚餐後風雨依然未歇，在我們催促叮嚀下，兒子、媳婦與三個小孫子女方不捨地返北。

父親節前一日整日暴雨，氣象台報導全國有許多山區傳來土石流與山路崩塌的消息，真有柔腸寸斷的感嘆，我與妻攜著賀禮冒著風雨，於上午八點多驅車前往苗栗公館劉炳均大老府上，祝他父親節健康長壽。劉老年近九旬，然精神矍（ㄐㄩㄝˊ）鑠毫無老態，他是我國民黨黨工前輩，一生為黨忠藎，目前兼任全國劉姓宗親會榮譽副總會長，苗栗市福安宮管理委員會主任委員，做公益福利可謂不遺餘力。我與他賢伉儷合影後再聽他訴說，從前與他最滿意的榮譽史，聊了一個多小時，在妻催促下我們即起身告辭，依然冒著大雨驅車返回家，結束風雨中的探訪。

筆于二〇二一年八月七日　山城之夜

13 父親節的省思

今天是父親節，一早有許多網友傳來父親節快樂，感覺上只是一種形式上的祝福，無如子女所傳的那般溫馨與貼心呢！但劉源順主任所轉的「爸爸」，倒讓我眼睛一亮，裡邊內容如同：「世界上最孤獨的人是爸爸，最難懂的人也是爸爸。最經歷風雨的是爸爸，最少被傳頌的是爸爸。他一邊教育你勤儉節約，一邊又怕你沒有錢花用，他責怪你做錯了事，內心卻又不忍心你被責怪。」「這世上最愛你的人是爸爸，有誰甘心給你當馬騎？誰會在深夜站牌守候？誰願意為你在外面奔波？」的確道出了每一位父親的心聲。

或許「父親」給人一種刻板的印象，那即是「父權」至上的威嚴神聖不可侵犯，那是保守農村的年代，在我記憶中童年至青少年成長的年代，即民國四、五零年代，父親忙於事業南北奔波，很少在家，偶爾在家，也無如親子般的互動，只有一個觀念那即是「父是天、母是地」，如同威權體制一般，有「嚴父」、「慈母」的界限，任誰都不能跨過，子女所接觸的「生我、養我、育我、昊天罔極。」就直指偉大的母愛。父親節遠不如母親節被歌頌、被感恩。當然不是每位父親皆是如此嚴肅威嚴，而我母親固然是偉大，尚且於民國七十四年當選新竹模範母親縣長表揚，但如當年我念初中時，不是父親的「一怒當西裝」，我就是中輟生可能也誤入歧途，而不在教室裡春風化雨或在文壇領域中筆耕的自已呢！

在子女眼中我或許不是一位好父親，我對子女功課、品德要求稍嚴，雖然不會有暴力，但語言總會令人不舒服，妻常說我：「罵人不必打草稿。」或許有點職業病，過去在多所私立高中職任教，學生素質本非優秀，偏偏有些品德操守不良，任你苦口婆心、循循善誘，就是有人不吃這套，上課搗蛋，我只得發了虎威，是維持住上課秩序，倒把一些優秀學生嚇壞，讓我「教室裡的春天」打了折扣。尤其兒子念國高中時，在我任教學校讀書，稍有風吹草動，老師學生們就會反映給我，回到家兒子自然會受到我嚴厲處罰，妻在國中任教頗得學生人緣，在家自然扮演白臉，我當父親就扮黑臉，讓兒子看到我就有一種「敬鬼神而遠之」的心理。

兒子今已三十有七歲，個性溫文有禮，已是三個孩子的父親，看他與三位小孫的親子互動，我內心倒有點慚愧，童年雖有陪他走過，但他青少年時期我未能專心陪讀與共樂，讓父子這段時光空白，在兒子成家立業後，我與妻經常期盼他帶子女有空返回苗栗與我們兩老團聚，他也善體親心，回來也會與我們愛的擁抱。我子女資質算不差，只是我完美主義思想作祟、要求過高，讓子女從小對我就保持一種敬畏的態度，我與妻已年過七十，該修正自己主觀的思維，學習「慈眉善目」的容顏來面對子孫晚輩，甚至每位親朋好友及陌生路人才是。

筆于二〇二一年八月八日 父親節山城之午

14 再敘人緣

所謂人際關係是指社會人群中因交往互動，而構成相互依存和相互聯繫的社會關係、又稱為人緣，除親人的交往外，另外最重要的是朋友，朋友是指人際關係已經發展到一定程度的人，他們之間通常沒有血緣關係，但又十分親密，他們的性格、興趣等可能較為相似，而且可能經常一起活動，他們彼此會互助關心、互相幫忙，而且能聆聽對方的煩惱和安慰對方的傷痛，是彼此能夠容忍相處的夥伴。

當然除了親友尚有同學、師生、僱傭及同仁關係，由於人是社會的動物，每個個體均有其獨特的思想、背景、態度、個性、行為模式及價值觀。人際關係對每個人的情緒、生活、工作都有很大的影響，通常人際關係不太好的有兩種，一種比較自我中心、另一種是敏感性較高的，我們周邊或許有這兩種人，不論是親友或同仁，總是不易相處的呢！

回顧民國八十年至九十年間，我個人在苗栗縣救國團擔任「說話藝術」指導講師，其中有講到溝通技巧因人因事而異，我與學員在不斷學習與互動中，也獲得一些效果，雖然無法達到舌燦蓮花，辯才無礙的境界，至少能以誠信之心充分表達內心世界，不再心虛結巴，對夫妻、親友甚至於同仁、同儕關係的增進，皆有莫大的助益。

俗諺：「相交滿天下、知心無幾人」、「酒逢知己千杯少，話不投機半句多」、「有緣千里來相會，無緣對面不相逢」，此中的緣分異常重要，再加上能傾聽、能欣賞，自然很快成為知己，但緣分是否持久，在於彼此的真誠與互信，星雲大師常提示的：「有緣多聚聚、無緣隨風去。」強調要隨緣不可勉強交往，情人如此、朋友亦如此，免得損人害己兩敗俱傷，所謂「君子之交淡如水、小人之交甜如蜜。」淡淡的交往聯繫保持一定距離，會感受安全與情義。有人個性五湖四海，酒肉朋友不嫌多，一旦自己有難，多數狐朋狗黨跑得比誰快，能情義相挺的人，永遠只有少數幾位。

古來相知相惜者，如唐之李白、杜甫及北宋之蘇軾、蘇轍者其實不多，現代人多喜攀龍附鳳，減少奮鬥數十年，為人所詬病不恥也。個人在社會打滾多載，也見過一些頗有風骨，不為名利所誘，默默為大眾奉獻所能者、情義所在，自然凝聚成志同道合的夥伴。

筆于二〇二一年八月八日父親節　山城之夜

15 因緣果報

因緣在佛寺獲得一本厚實的贈書，中華民國弘一大師佛學會印行之佛菩薩感應實錄，隨意翻了幾頁，案例多是強調因果實例，妻是虔誠佛教徒，相信因緣果報，這一年多來因疫情關係，兒子在台北開設的餐廳一樣受到很大衝擊，在妻建議下，餐廳也開始增加素食的套餐。在苗栗木鐸山住家四十來年，常有蛇類侵入前院鳥園吞噬小鳥，少說被我棍棒打死或打傷也有十餘條，棄置於屋後山坳中。

去年十月間我全身突染皮膚病（類似牛皮癬）奇癢難忍，看過不少醫院診所的醫師，買過不少中西藥房的藥膏、毫無好轉，甚至變本加厲。妻說要相信因果，蛇報復性極強，雖然過去費師姐幫我給打死之蛇立了牌位，但我依然不太信邪，甚至皮膚病漫延全身，醫師、藥師皆束手無策時，我才相信這一定是業報現前，為了阻絕蛇再爬牆侵入鳥園，與妻商量，僱了幾位泥水師傅，將砌磚的外牆全砌上水泥並粉光，讓蛇無法爬牆進來，同時也請兩位除草工人將雜樹藤蔓清除，讓蛇無法藏匿其中，同時順便清除雜草，工人也將坡道轉彎處之雜草清除，讓交通標識不被遮掩，以維護交通安全。

近日網購了二十來盒百癬膏，妻早晚幫我擦拭也定期為我念了普門品，原本皮膚潰爛，搔落的皮膚如雪片般落地，現已迅速好轉，回想手腳潰爛狀，有如蛇被我用木棍打死刺傷的慘狀，每日清晨拜佛點香時，我開始懺悔，不再殺生，而且也想辦法護生。正如感應實錄中侯秋東先生序裏所謂：「自古以來相較於其他宗教。佛教的感應故事特別多，其原因無非在於佛菩薩的無緣大慈、同體大悲，以及其神通法力超勝於其他宗教的神祇，因此有『家家彌陀佛，戶戶觀世音』的俗語流傳。」過去我也唸了幾部「阿彌陀經」，因為無法持之以恆，自然難以感應，華嚴經中說：「佛身充滿於法界，普觀一切眾生前，隨機赴感靡不周，而恆處此菩提座。」相信有誠則靈，不一定要有慧根吧！

因果的故事聽了不少，「善有善報、惡有惡報、不是不報、時間未到。」任何宗教本意皆是勸人為善，避惡作惡，尤其愛要擴及萬物眾生，孔夫子的知識觀是不語怪力亂神，在論語 先進篇鬼神章中，季路問事鬼神？子曰：「未能事人，焉能事鬼？」曰：「敢問死？」曰：「未知生、焉知死？」它反映了孔子認為人當積極追求今生現實的幸福，但不否定不可知的來生神秘世界。說苑 辨物篇如事紀載：「子貢問孔子：死人有知無知也？」孔子曰：「吾欲言死者有知也，恐孝子孫妨生以送死也；欲言無知，恐不孝子孫棄不葬也。」感應實例既多，因果之事不少也是自然法則，豈能不信乎？

筆于二〇二一年八月九日　山城之夜

16 靈魂之說

依維基百科詮釋「靈魂」，在從古至今的宗教、哲學和神話中，被描述為決定前生今世的無形精髓，居於人或其他物體之內，並對之起主宰作用，是一種超自然現象，靈魂亦可脫離這些軀體而獨立存在，也有認為靈魂是永恆不滅的，一個人肉體消失後，其靈魂是否存在，仍存有爭議性。

在去年（二〇二〇年）四月二十八日之紀元特稿中，提出生命輪迴是人們永恆的主題，你相信「靈魂轉世」嗎？這讓人匪夷所思的情境，通常只會出現在電影大片的故事情節裡，但古代的「太平廣記」、「閱微草堂筆記」等都有記載再生人事件，使得很多人相信再生人是真實存在的，傳說中的「靈魂轉世」現象，就是記得自己前世之事，在此舉兩例為證：

第一則案例：英國有一農村村裡有一果農主人，請了四位工人幫忙水果收成，平時這位果農主人待工人非常苛薄、稍有不順眼，則厲聲粗罵工人。

某日在山園工作時，又與工人發生嚴重口語衝突，工人在難以控制情緒下合力用鋤頭，圓鍬將果農主人打死，並在果樹旁挖了坑將之草草掩埋，然後就紛紛離職回去，果農夫人不察，報警主人失蹤，但懸案未果。兩年後某日隔壁村的人家小男孩，在家說著奇怪的事，說他原本住某村，家裡種水果園，因與工人爭吵被打死埋至樹下，這家主人隨即抱著他至他的前世之家，小孩指著女主人說是其前世之妻，並說旁邊八歲童是前世之子，經證實後，由當地警察、里長、記者至果園，小孩直指一棵果樹下說：「我就是被埋在這裡。」村長請了工人挖掘，不多久在眾目睽睽下，挖到了腐爛之屍，後追查果園工人，一一落網入罪。

第二則案例：中國山西之山區裡，有一窯洞人家住有年輕夫妻及一位七歲孩童，某日因雨，窯洞外有土石崩落情形，張姓男主人不顧危險在屋外清理亂石，突然轟然一聲，附近土石崩下，瞬間將這位男主人掩埋，但男主人不知自己已死，靈魂逕自走回家，看見老婆在廚房煮飯，就跟老婆說：「我剛才在屋外清理亂石、突然土石崩下，我很快閃避，才能脫身回來呢！」老婆看不到他形影，也聽不到他聲音，男主人以為老婆不理他，就到隔壁間找兒子，也跟兒子說了同樣的話，但兒子也沒有反應，他覺沒趣，就想到鄰村找朋友聊天，走到半途累了，就坐在一窯洞旁休息，忽然聽到窯洞裡有幾位婦女在談話，他好奇靠近窯洞門口，門口有一片石板門堵著，他聽到裡面幾位婦女七嘴八舌地說：「快了快出來了、剪刀在哪兒？」原來床上躺著一位產婦，他用手指著屋內牆上一把剪刀，婦女們拿了剪刀剪斷產婦之臍帶，突然看到嬰兒手指牆上，說有一把剪刀，原來這男主人已附身在嬰兒身上了。

剛出生的嬰兒會講話，婦女異口同聲說是妖怪，要將之抱走丟入糞坑裡，經產婦苦苦哀求，就養在後院，不讓他人發覺。某日玉米收成，嬰兒母親將他與搖籃一塊抱至玉米曬場旁，嬰兒母親想回家拿開水，讓嬰兒獨自留在玉米曬場旁，這時鄰居的成群雞鴨跑來偷食玉米，嬰兒母親尚未回來，嬰兒突然開口緊張吆喝：「死畜生偷吃我家玉米，快滾！」剛好有一大男人從旁經過，聽到嬰兒的吆喝，以為是妖怪再世，匆匆抱起嬰兒，往三十公尺外的大糞坑走，準備將之棄入糞坑內，這時嬰兒母親趕回來，飛奔前去，將嬰兒抱回，挽回他一命。

從此嬰兒再也不敢開口講話，直至七歲時嬰兒的祖父帶他到田裡，看四下無人即對此孫說：「你到底是誰？為何出生就會講話，到七歲就一直變啞巴？」小孩即向其祖父說：「我前世是隔壁村張姓人家，因清理土石遭掩埋而亡，靈魂轉世到你王家。」這位祖父隨即帶這位孫子到隔壁村張家，小孩見婦人就淚眼汪汪說：「妻啊！七年不見好想妳。」婦人頓感驚愕，這時他十四歲（他死亡七年）兒剛回來，他以關愛的眼神說：「我兒啊，長那麼大了！」那位十四歲少年還聽得莫名其妙，經這位王家祖父說明整個事件經過，這對母子仍半信半疑，直到半年後，這位母親所住的窯洞與鄰居有所紛爭，打了民事官司，眼看找不到房屋及土地所有權狀，官司就得敗訴，這時這位母親靈機一動，帶著十四歲兒子找七歲老公，問明所有權狀於何處？如能說出即可證明前世是她老公，結果這位七歲的老公準確地說出藏匿地點，終於官司勝訴，同時也承認這七歲小童即是這位母親的老公，也是十四歲少年的父親。有人問這位七歲老公說兩邊住習慣嗎？他則回應說還好，只是被四十多歲老婆稱老公，被十四歲少年稱老爸，還真不習慣呢！

這兩案例均被證實過，靈魂及靈魂轉世或附身之事確實存在，人是萬物之靈，在渺渺茫茫的宇宙中，發生如此神秘奇妙之事，能不信邪！

筆于二〇二一年八月九日　山城之晨

17 夢中情境

最近與妻做了類似的夢境，夢到回學校當老師，教導一批不聽話的學生，也夢到自己因回到學生時代經常參加考試，糟糕的是試卷與答案卡發下，卻寫不出標準答案而緊張。而我也在多次夢中找不著上課教室而一班班的問，甚至教務處發下課表，卻不知如何找班級上課，諸如此類，或許從事教育工作退休同仁，也會有類似的夢境在困擾自己吧！

其實依專家解釋，睡覺時會做夢好像是再正常不過的事，有些人甚至一整個睡眠中做了三、四個夢，只不過經常是隨著早晨清醒之後，就把夢境忘得一乾二淨。還有一些人號稱一夜無夢，睡到天亮，好似沒有夢境困擾，睡覺的品質反而更好。夢境是睡眠時身體內外各種刺激或是留在大腦裡的外界刺激，引起的影像活動，換句話說就是大腦莫名其妙地將你腦海中信息、記憶、日常的思考等，無秩序地連結在一起，有些是自己想像出來的事，在睡眠時被大腦「備用」了，變成神奇的「夢」，如愛麗絲夢遊仙境一般，也有所謂的「日有所思、夜有所夢」的解釋。

解夢就像夢的解釋，例如一個男人夢見看到果園裡有蘋果正想摘，一隻狗向他追過來，當我們知道蘋果往往象徵「誘惑」，而狗往往象徵外在的「法律」規範和內在的道德約束時，把這個夢解讀為「他受到婚外異性誘惑，又受到道德的譴責，似乎是十分合理的。」

有人發現近十幾年來中國人夢的特點：前一段常見（趕不上火車）一類的夢，近來考試一類的夢增多，這些夢固然有多種可能的象徵意義，不過常見的是：害怕趕不上機會（趕不上火車和面臨考驗）對理解夢境的人，懂得解讀它的人來說，它是人類心靈的語言，解讀文化之夢，即是解讀這個文化中心的人的心靈。

夢境百百種。坊間或網路有周公解夢之書供人參考，過去我最常夢到自己會騰空飄浮，似靈魂出竅般隨意高低快慢、既驚且喜，人家說我電影、電視可能看多了，也有人說我心臟可能有問題等等，但那種夢中情境卻也讓自己超越了現實，獲得短暫的愉快呢！

筆于二〇二一年八月十日　山城之晨

18 市場購物

據報載，七月二十八日新冠肺炎疫情降溫，調降到二級警戒，苗栗縣政府即與鄉鎮市公所達成共識，傳統市場即日起取消以身分證字號尾數單、雙數分流管制，公所採總量管制及實聯制管理，同時鼓勵鄉親持續以身分證字號尾數自主分流，以降低傳染風險。同時縣府並呼籲目前疫情尚未平息，鄉親進入市場及夜市仍需遵守各項防疫措施，並鼓勵自主分流，盡量一次買足減低群聚的風險。

之前為降低感染風險並提升防疫制度，於六月一日起市場全面落實實聯制及依身分證字號尾數進行人流管制措施，各市場也要求加強清消，要求攤商及鄉親共同配合、共體時艱，政令一下，大家出外戴口罩，行蹤也匆匆。在近兩個月的管制下，各市場感覺乾淨，人潮不再擁擠，大家也逐漸養成習慣少去多買，減少不必要的風險。

一直以來，我家買菜工作已成為我每週的任務，妻子不會開車，近幾年機車也不敢騎，住在山城木鐸山上，如靠走路到市場購物大包小包的確不方便，因此如到全聯或軍人福利中心購物，我就會開車載妻同往一次購足，少說也得花費一、兩千元，平時就我騎車至傳統市場、黃昏市場買菜，少說也要花個一千或八百元。由於擔心疫情嚴峻，到傳統市場買菜，總是來匆匆去匆匆，接觸的人越少越好。有時在台北開餐廳的兒子會利用公休時間回苗栗，特別為我帶回他夫妻研發的牛肉、牛筋真空包裝給我品嘗，讓我在避疫期間也能解饞一番。

在未發生疫情之前，我會開車載妻至竹苗地區各鄉鎮市之傳統市場購物，主要是去感受各地不同的飲食文化。記得我們婚前，妻出身於大家庭的么女，未曾下廚房作羹湯，婚後至今四十餘載，已磨練成家庭廚師，我或許沒有烹飪細胞，加上存在君子遠庖廚的傳統觀念，一直當不了標準的煮夫，想想已退休多載，習慣早上至街上美食街叫碗麵或米粉，加上一碗豬肚湯或豬血湯，即能飽食。妻十多年來茹素、飲食簡單，我中餐、晚餐多在家品嘗妻素食廚藝，嘴饞時就自行到市場買一兩盤鵝或鴨肉，找個理由向妻說我吃葷，但我可沒殺生，尚且還放生或護生呢！邁入中老年後有了三高糖尿病等慢性病，醫生常叮嚀我酸性食物少吃，如肉類、魚類、動物內臟等，鹼性食物多攝取，如蔬菜水果、豆製品、牛奶等，每到市場看到攤位擺滿了各式各樣水果、蔬菜及山珍海味，摸摸口袋鈔票多就多購些，鈔票少就少買些，真的有時還顧不了什麼是酸性食物，什麼是鹼性食物。

筆于二〇二一年八月十一日 山城之夜

19 家園思想起

因託兩岸文藝交流之福，我曾隨台灣　中國文藝協會到中國大陸多處參訪，也曾參加服務的建台高中教師至大陸參訪白居易草堂與杜甫草堂，在台師大四十學分國研所結業那年，也曾經與幾位教授及同學至雲貴參觀苗族住屋、麗江古城，更早時也隨團至泰國、馬來西亞參觀他們百姓所住的高腳屋。

回顧自己民國四十七年在屏東唸小學時，在草屋教室上過課，回到新竹老家住過瓦屋，看過鄰居的房舍仍用黃泥巴混著稻草砌成之小屋，隨著經濟之起飛至今，隨處可看到高樓大廈的豪宅及櫛比鱗次的國宅與農舍。當年唐杜甫所寫的「茅屋為秋風所破歌」，所說的「安得廣廈千萬間，大庇天下寒士盡歡顏。」杜甫如地下有知，也感到安慰了。

我們台灣房屋普遍的現象，除豪宅或統一規劃國宅外，無論城鄉地區住家，鐵皮屋違章建築是極普遍的現象，除了影響觀瞻外，政府也只能抱著「不告不理」的態度處理，而我家屋前空地六十坪，因配合興趣臨時請人搭建鐵皮屋，作為桌球室與菜地之用，逐漸改變成書齋，但曾與鄰交惡受其檢舉，我乃透過合法程序，每年徵交房屋稅避免了排拆並申請門牌號碼，成了合法建築，讓家人更安心居住。退休後我多半時間整理家園，讓書香與花香結合在一起，過著半隱半居的閒情日子。

我居此苗栗木鐸社區有四十三年之久，最初只前後兩排連棟式共八間兩層樓，我所選擇的住屋是鄧姓友人特別推薦，可居高望遠市區，尤其晚間街市燈火通明、燦爛美麗，當年購買一幢是七十四萬元之台幣，家父知我剛成家上班，在毫無積蓄下贊助我四十四萬元及一些傢俱，其餘三十萬元，我與妻在台銀貸款分期付款，三個子女先後在此出生。

這山崗上小社區如今已聚集了二十幾戶，有點似早期農村的家族聚落，早晚見面招呼、寒暄，現在年輕王里長夫妻熱心為里民服務，也關心我們這小社區居民，我們也樂於接受社區意識，配合整理家中庭園、整理公共道路。這兩年我主動反應里長轉呈市公所在社區道路大轉彎處，設置交通標幟與地上交通雙白線以維交通安全，不久前我僱工整理外圍雜樹藤蔓，順便也將社區道路大轉彎處旁雜草一併清除，算做一件公益。如前篇所敘前院，請泥水師傅粉刷早期建設之磚牆，並把可愛動物園及盆景室整理清掃一番。另在內牆請人砌了三階梯，我取名為「文苑台」，上了台階即可飽覽屋前的樹林風光與聆賞悅耳鳥鳴。

因為這一年多疫情嚴峻，親友皆不便前來山崗寒舍閒敘，我與妻有充分時間整理照片與唱片，將之歸類與浮貼書齋川廊，如同時光隧道，從每張照片皆可回顧每一階段的彩色生活，多美！

筆于二〇二一年八月十二日山城之午

20 生死有命

有關死亡議題，除了專家所提的理論，我們一般人都會抱持恐懼的、神秘的想法，俗話說：「死有重於泰山，而輕於鴻毛。」文天祥正氣歌序更表示：「人生自古誰無死，留取丹心照汗青。」如此的豪情壯志，誓死如歸的襟懷，的確令人欽佩。

但我們一般人的想法又如何是「好死不如歹活」，誰也希望長壽或長生不老，但可能嗎？生老病死苦是人生必經過程，閻王要你三更死，絕不留到五更天。台灣中部有一所私立醫事學校，學校開了一科生命教育，學生要通過畢業，就要先在棺材躺一段時間，先體會面臨死亡的感受，棺材是裝死人的，不是裝老人的，課程是如此的真實體驗，並不在乎禁忌迷信。

地球上古今中外因天災、戰爭人禍而失去生命的不知有多少，那些殯儀館火葬場，葬儀社工作人員所見過的亡者更不知幾凡，他們也是司空見慣、見怪不怪，他們的冷漠心態與看破人生應比一般人還透徹，單就這次三波新冠疫情，全球已死亡數百萬人，台灣死亡八百多人，以人口比率居世界數一數二位，怎不令人對死亡感到擔心與更多神秘的聯想呢！在當前全球七十多億人口中，我們算是幸運的一群，理當對生命更加珍惜，並對地球對社會做些有公益與意義的事才是。

或許你我的親友、同仁、同袍、同學、鄰居死亡人數皆難以數計，其中因與你的好緣而讓你真情悲慟，甚至於痛不欲生，但也有可能與你有惡緣，你也可能因對方的死亡而無動於衷，甚至冷漠以對，基本上我們仍需以「死者為大」的情懷，祝其往生西方極樂世界，希望下輩子再結個好緣吧！

依主計處統計我們台灣百姓平均年齡八十歲，男七十八、女八十三左右，翻翻古詩詞人，有名如詩仙李白活了六十二歲、詩聖杜甫活了五十八歲、詩佛王維活了六十二歲，北宋大文豪蘇東坡也只活了六十四歲，近代文學大家胡適活了七十二歲，國父孫中山先生也只活了五十九歲，早期所謂的「人生七十古來稀。」現代人長壽，如俗諺：「人生七十才開始，八十滿滿是、九十不稀奇，百歲笑嘻嘻。」

上蒼給我們延年益壽的生機，我們更要勇敢地度過嚴峻疫情，以慈濟大愛精神來「無緣大慈、同體大悲」才是。

筆于二〇二一年八月十四日　山城之夜

三 坐看雲起篇

靈魂的飛越

思考在擴張
心情在飛越
隨著指引
漫步宇寰探靈源
沒有軌道
沒有限制
儘管飛
任直行
耳畔龍吟迎塵客
不畏懼
不萎縮
鼓樂震天
眼見仙女情
樂舞獻技配成雙
妙法一寸心
醇香佈日月
唸真經
晨曦夕照億眾緣

～洪安峰

21 見義而勇為

在民國四十八年間，我們全家隨父親從新竹芎林搬遷至屏東縣潮州鎮光春里居住，父親經營製材工廠與林班工作。我那時轉學唸小學二年級下學期，家隔壁是一位陳姓老闆經營磚窯廠，這位陳老闆有五個大小老婆，出門在外總是同進同出，因為是富商，許多人也見怪不怪。

某日放學回到家，我聽到隔壁他辦公室有多人爭吵聲，我好奇地在他辦公室窗戶旁探個究竟，原來因景氣不佳，有七、八個工人拿不到薪水而去向老闆理論，老闆個子瘦小，只任由工人破口大罵，也拿不出辦法，這時突然看到老闆唸潮州高中的二兒子衝入辦公室，理直氣壯地護著老闆大聲說道：「你們沒工作時，是我爸給你們機會來上班養家活口，今天我們工廠經濟發生了一些困難，難道不能將心比心，緩一個月一起度過難關嗎？」幾位工人覺得理屈，只得道歉離去。

另在民國五十幾年間，在台灣中部某個縣市，有一位中年父親因經濟拮据，情急之下向地下錢莊借款，因還不出高利貸，常遭錢莊派人來暴力討債。某日又有兩位黑衣人到家討債，母親急著把唸中小學的四位子女帶入房間，交代不要出來，只見黑衣人又把父親頭壓在桌上凌虐，母親在旁哀嚎求饒。這緊要關頭，四位子女衝出來護著父母親，唸國中的大女兒對黑衣人說：「我爸欠你們多少？為何要如此暴力？」對方說：「不多，兩千元。」大女兒就把一疊疊小鈔與銅板交給對方說：「這裡有兩千二百元，你拿去快滾蛋！」對方收到錢隨即離去，其父母驚訝地問：「這錢哪裡來？」大女兒才說出多年來父母給他們四個姐弟的零用錢存起來，沒想到因此幫父母解決了危機。

猶記得民國六十五年我退伍回來考上中國國民黨黨務人員，被台灣省黨部分派在苗栗縣某一鄉鎮擔任專員，專門負責服務調解與社會調查及地方文宣工作。某日有一位七十幾歲老人與兩位三十餘歲左右的年輕人來「民眾服務站」調解，或許那年代是戒嚴時代，地方民眾對執政的國民黨仍有敬畏的感覺。但見老人與兩年輕人和解不成、數度爭執，原來其中一位年輕人將老人未成年的孫女強暴懷孕，老人要對方賠償兩萬元，不讓孫女嫁對方，年輕人則同意付三萬元，但要將其孫女明媒正娶回家，老人不同意。當兩年輕人推打老人時，激發了我正義感，嚴正地訓誨兩位年輕人，並告知強暴罪是告訴乃論，要吃上官司！年輕人方同意付出兩萬五千元，並不打算將老人孫女娶回，和解書成立之後，雙方都非常感謝我的正義，將他們為難之事圓滿解決。

觀乎現代社會大眾，見義勇為者不多，「多一事不如少一事」，遇不平之事，只想明哲保身，「只掃自家門前雪，不管他人瓦上霜」的案例不少，警察雖為人民保母，但也需要見義勇為之民眾來共同合作、打擊犯罪，如果我們皆能雞婆一些，社會將增多一分安全，減少一分禍害啊！

筆于二〇二一年八月十六日　山城之夜

22 中暑的時候

前幾天天氣異常炎熱，算是酷暑吧！這天早上七點多太陽光已炙熱，陪妻至附近校園坡地走了半小時，回來吃過早餐近九點，自己又開車至全聯購物，天氣仍熱到不行，十點多佛光教師分會兩位女老師到家裡找妻聊天。同個時段徐校長禮雲兄也要蒞臨寒舍與我敘桌球賽事，我回應時突然語意不清、頭腦昏沉，拍完合照，仍撐到三位客人離去，我即躺在床上昏睡過去。真的不知道自己是中暑還是中風前徵兆，妻也缺乏這種常識，從網路知識中了解中暑分為陰暑與陽暑，陰暑是指夏天避暑的方式不正確，例如從高溫處突然進入冷氣房、吃冰、冷飲等因素，使毛細孔、微血管急速收縮，造成寒氣、濕氣被閉塞，在體內唯以透過汗水排出，導致怕冷、發熱、頭痛、腹痛、腹瀉、胸悶、噁心，食慾不振症狀，解決方法是透過跑步等運動方式促進身體排汗。

陽暑則是指我們在大太陽等高照環境下過度、過久活動所導致的各種不適，也就是我們常說的「中暑」。

中暑分類為熱痙攣、熱衰竭及熱中暑，熱中暑又分為第一勞力型中暑，發生於高溫環境中從事工作或體能訓練的年輕人身上，主因是身體產熱大於散熱能力，使熱能累積。第二非勞力型中暑發生於幼兒、年長者、慢性病患者，這些對象容易因為氣候導致的高溫，因為難以自行攝取水分、身體散熱能力不良，心血管系統脆弱，藥物副作用等因素中暑。

在聽聞許多友人經驗後，我確定自己屬於年長又慢性病患者，我急忙多喝水並躺床多休息，直至恢復才起來，並不讓妻緊張擔心吧！透過手機的「賴」，我轉傳給幾位要好的親友，請教一旦中暑時要如何自處，有人說喝黑松沙士加鹽，有人說要多喝水、多休息，有人說多散步運動，也有好友說頭暈的原因很多，例如貧血、高血壓、高血糖，平時移動都會使人頭暈。還有一位好友叮嚀我說小心，血壓是否正常，又夏日要我常泡菊花枸杞茶（加兩片黃耆）清肝明目，還有就是煮綠豆薏仁湯不加糖，待裝入小碗再隨意滴點蜂蜜即可。也有相信中醫的友人，建議我透過中醫的「刮痧法」去除體內的濕氣，達到舒筋活絡、活血祛瘀，改善中暑症狀的目的，當身體出現中暑、感冒、頭昏、肌肉痠痛等小毛病時，刮痧就像按摩一樣，可以促進體內液體的循環，避免阻塞。

希望這一次的中暑，能讓自己獲得寶貴教訓，所謂「不經一事、不長一智。」多了解一些醫學常識，遇事時說不定可以救人也救己呢！

筆于二〇二一年八月二十一日　山城之夜

23 夢中壓力

一個人的壓力可能會跟隨自己一輩子，如無釋放出來，將會影響自己身心靈的健康，但要如何紓壓，就要用對的方法或看心理醫生來諮商了。我曾多次在夢中感覺自己在新任某學校主任時，前面之主任故意為難我未將業務交接，而校長又要我在三日內做好掛圖簡報，以應對上級長官之觀察，當然對新任三天的我而言壓力很大，同事們似乎不太配合，有意看我出醜。我利用兩天瞭解學校狀況，作好講解題綱並飛奔（簡直用飄浮形容）至書法不錯的友人家，請他漏夜將題綱寫好，第三天我完成任務，讓校長在上級長官視察下能圓滿，也讓學校同仁對我刮目相看。

有一次夢中的情境與壓力竟然出現在民國八十二年，我調至台北市開平工商（現為開平餐飲學校），我調去不久任校長秘書兼公關主任，夏校長要我承辦全國私立中小學校長會議，人數三百多人，地點是三軍軍官俱樂部。

從發文到場所佈置，訂立中心議題及電話邀約立委，台北市教育局及各校參加之校長，甚至於中餐茶點及每一參加人的紙筆，全都由我與茂男兄負責，學校僅兩千多人，卻要負責全國性會議活動，會議當日我兼司儀，安排得算圓滿，但那幾天的準備工作卻很辛苦，幾乎一星期沒睡好呢！校長或許想考驗我能力，總算沒讓他失望。

在更早的民國七十二年，我初任中國國民黨苗栗縣銅鑼鄉黨部主任，某次參加全國黨政工作人員七日的研習活動，於陽明山中山樓召開，參加人數少說有五百人，參加的除中央層級從政主管同志，主委、主任，縣市長及各種黨部負責人，中心議題是討論輔選有關事宜，其中除分組座談外，有三天綜合座談項目。主持人是一位上將，記錄工作沒人敢承擔，當年我是最年輕的主任，而且當年還未有電腦，我竟自告奮勇承擔記錄任務，每天的記錄皆要在第二天綜合座談前，發至各參加人座談桌上，速度之快我亦訝異，贏得長官與參與研討會的學長們佳評，當然任務是完成了，但我每晚只睡三個小時，那時的任務壓力可見一般。

台北市開平餐飲學校創辦人夏惠汶博士(右二)蒞苗栗，龍影與開平傑出校友林建中董事長(左二)熱情接待。

自民國一〇一年我六十二歲退休迄今，十年爾來，可謂放鬆許多，透過寫作，紓發過去的職場經過，或更早的求學生涯，每寫一篇文章或出版一本書，心中似乎感覺放下一大塊石頭，雖然年紀漸長、身心漸衰，但從文章中可以回味人生酸甜苦辣，也可以從夢中反映現實的壓力及紓解心中的壓力，希望美夢也好、惡夢也罷，對自己只會產生幻化的效果吧！

筆于二〇二一年八月二十二日
山城之夜

24 春風化雨後

自從民國七十八年離開國民黨苗栗縣通霄鎮黨部主任職務，那年我剛滿三十九歲，接著連續在新竹縣東泰高中、苗栗縣育民工家高職，台北市開平高中（現改為開平餐飲學校）擔任教師、主任、秘書等職。後於民國八十三年，感恩苗栗縣建台高中黃錦榜校長與球友劉源順主任的幫忙，回到苗栗縣知名度甚高的建台高中擔任國文、社概、三民主義及國中公民課程。民國一〇一年家母逝世後的第二年，我已六十二歲，由於健康因素與生活規劃而申請退休，總計在國民黨專職十二年，中等學校教育專任二十三載，兩種工作雖有不同的壓力，但也有不同的風采。

如今我退休在家，因為過去始終在苗栗縣內擔任鄉鎮的基層黨務，認識的人脈算不少，後半段在建台高中擔任教職十八載，屈指算之，教出來在社會服務的學生最小三十歲，最長的也有五十餘歲。台灣算小，走到那兒皆可能碰到熟人與教過的學生，真有「他鄉遇故知」與「桃李滿天下」的成就感，今舉幾個例子與文友分享。

通常畢業多年，老師要認學生不易，學生要認老師不難，在新竹、台北、苗栗四所私立高中職學校，幾乎日夜要上課，鐘點多，我個人曾一天日夜校上十堂課，幸好所教課程皆文科，除了進度掌握好，我習於以說故事方式引導學生進入課程情境。過去最多學生為我取名「貓王」，當學生們知道我寫作多年且小有知名度時，多暱稱我筆名「龍影」。記得在苗栗縣育民工家教過三年學生，畢業後大多在北部地區大專院校就讀，在育民三年後我因緣調至台北市開平高中任教，某周末晚我在台北客運北站正準備回苗栗，豈知有五、六位青年一步步逼近我，然後突然把我簇擁起，高喊「官老師我們敬愛您」。原來他們是在苗栗噲育民工家時，我擔任他們國文與三民主義課程，當年與這些學生相處很不錯呢！

數年前與幾位教授在台灣師大地下餐廳用餐，餐廳正是外包給開平餐飲學校學生實習，我隨意叫一位實習生前來問道：「這位同學，請問你幾年級幾年次出生？」這位學生不慌不忙說：「我是二年級，八十二年次。」歲月如流，我當年在開平高中擔任主任時，正是民國八十一年至八十三年間，這些學生那時剛出生呢！退休這十年來，在縣內建台高中教過十八載的學生，少說上千人，多已出社會，譬如到傳統市場購物，遇到不少畢業學生在市場擺攤當小老闆。我到電信局、郵局、自來水公司、醫院、診所、縣政府、鄉鎮市公所、地政事務所、水電工程業，甚至於警察分駐所等等都會遇到自己教過的學生，和自己親切的打招呼：「老師好」，有時會把我課堂所教的或所說的故事告訴我，「春風化雨」的氣氛自然就重現在當年課堂上，雖有嚴肅更有溫馨與歡笑。

筆于二〇二一年八月二十二日　山城之夜

25 龍眼與蜂蜜

八月盛夏，正是龍眼盛產的季節，與妻到水果攤購買水果，只見水果攤上有多種價位的龍眼，我選擇一斤79元算貴的價位。從小學到高中時期，我們老家官家庄後山種滿了龍眼樹，因是我們官家庄的公山所有，由早期祖先墾植自由分配或私下價購讓度，因此家家都有幾棵，甚至幾十棵的龍眼樹，爬龍眼樹是我們的專長，採龍眼也算是我們的專業了。

每逢五、六月龍眼花盛開時，正是養蜂人家將數十箱蜜蜂放置龍眼樹下，村莊裡至少有四、五家人販售蜂蜜，我母親也是其中之一，我經常要陪母親挑著兩只塑膠桶到附近鄉鎮或搭車至鄰縣販售，因蜂蜜有真假之別，龍眼有大小之分，龍眼花蜂蜜較純較香又甜，往往養蜂人所釀的蜂蜜常被搶購一空。

依維基百科解說，蜂蜜是蜜蜂採集植物的花蜜、分泌物或蜜露後，在蜂巢中經充分釀造而成的天然甜物質，蜂蜜為半透明，帶光澤，濃稠的液體，顏色為白色、淡黃色、橘黃色或黃褐色，蜂蜜主要成分為葡萄糖和果糖兩種單糖，比蔗糖更容易被人體吸收。蜂蜜自古被當食物及藥物來使用，中醫認為，蜂蜜性味甘而平，對腹痛、乾咳、便祕等有療效。而七、八月新鮮龍眼經採擷日曬和烘焙成為龍眼乾，性味甘溫，兩者皆屬溫性，龍眼乾有補脾養血、寧心安神作用，性情較為溫補，主治氣血不足引起的失眠、心悸與健忘等症狀。

回憶青少年，每逢龍眼成熟時，家家都會攜帶繩索與籮筐、籃子，通常由男人爬上高樹，用帶夾或帶鈎竹竿，將一串串成熟的龍眼放入籮筐裡，再由繩索垂至地上，婦女或孩童則在樹下修剪，然後用稻草將龍眼一把一把紮起，再挑到市場販售，這也是當年鄉下農村主要經濟來源之一。我唸初中時，因家貧，常會帶著弟弟妹妹到龍眼山上，趁人摘完龍眼後再爬至龍眼樹上，採摘剩餘的龍眼，累積多了，就拿到竹東市場路邊擺攤零售，換取零錢，貼補家用呢！龍眼又稱桂圓、福圓、荔枝奴、亞荔枝、燕卵、牛眼，龍眼樹壽命最長的可達四百多年。

三年多前，我曾任副團長帶團至中國廣東省茂名市藝文交流，茂名市最有名之水果即是荔枝，其樹與葉與龍眼樹相近，我們至其寬大的荔枝園參觀。聽說唐朝楊貴妃最喜吃茂名此地的荔枝，當荔枝成熟時，常用驛馬快送至京城，常保新鮮。在廣大的荔枝園中，最長壽的有超過四棵一千年樹齡，十棵有五百年樹齡，一、二百年的荔枝樹比比皆是，令人頗為訝異。

我故鄉的龍眼樹，通常是隔年開花盛產果實，隔年則又整座龍眼山一片綠意，罕見開花結果，多年來由於果農在農會輔導下，改用接枝技術，例如苗栗縣西湖鄉之龍眼樹不再長得高大，果實卻纍纍大而甜，種子反而小粒，最為人所喜愛。我對妻說「一分錢一分貨」，通常大又甜的價格特貴，小而不甜的自然便宜，我們已退休多載，該犒賞自己，自然要購買高品質的龍眼來品嘗啦！

筆於二〇二一年八月二十六日　山城之夜

26 心靈覺醒

在偶然的機會中，看到了凡學會所編輯的一本善書「如何無憂無懼過生活」，在書中作者引用了許多文句、軼事、趣聞、寓言故事等，來說明一個有智慧的人，他是如何地超越時空，如何地看待生命，讓自己在五濁惡世中，無憂無懼，超脫自在。

我們經歷了人生的「酸甜苦辣」，也存在著「貪瞋痴慢疑」，不管你怎樣的努力，似乎仍難以掙脫內心的煩躁與桎梏，希望能藉由反思，檢視負面想法，慢慢發現唯有自己才能改變蛻變自己，讓自己的心靈覺醒，其中「比較心」與「計較心」常讓自己帶來痛苦，而這兩種心態正是世界上許多分裂不和的原因。要了解，負面的情緒，例如嫉妒、憤怒及憎惡，會遏阻心靈的成長，我們每當心存惡念時，試著將之轉換成善念的意志，對自己的念頭要嚴以督正，透過循序漸進的自我覺醒，可以擺脫惡念，不被它所奴役主導，這是需要相當大的定力與決心，才能改變自己與成就自己。

根據心理學報告，許多心理壓力是源自於我們拒絕面對現實，不願接受生命真相，壓力如無解除，便會逐漸導致嚴重的心理障碍，因此，因疾病而產生的憂慮和沮喪，反倒會使病情惡化，人不能選擇疾病的種類，也無法挑選吉時去世（少數修佛者的預知時至例外），但是絕對可以選擇無懼地面對病情與死亡。人生在世，是要為利益眾生而活，要為人類快樂幸福而努力，也是因行善為自己累積功德，並不能期求世人因為我們的付出而記得我們，這就是利人利己，也是有智慧之人的心靈作為吧！

和許多人一般，我是自主觀念極強的人，也是嫉惡如仇的人，個性是完美主義，但自我約束又不能嚴謹，遇事容易緊張、衝動，社會的制約與道德的規範，讓我一直守舊，希望自己是他人的模範，言行舉止總是中規中矩，也讓自己心中的弦繃得很緊張而失去彈性。在家庭生活與人際關係中常產生緊張、矛盾的心態，我在學習紓壓的過程中，希望能放慢、放鬆與放下，讓自己的心靈能夠沉澱後覺醒。

當七十齡後，感覺同齡以上之親友身心逐漸老化，只在網路養生篇中企圖讓自己回歸年輕的風貌與心情，大自然的定律，讓我們人生過程雖不同，結果皆一樣，不是嗎？

我常自忖，活到這般年紀，老不算老，小不算小，上已無父母，但下有子孫，妻賢且慧，助我良多，兒孝孫敏，讓我夫妻享天倫，我算是佛教家庭，在佛陀教育中，學做生活菩薩，將全家帶入「平安、喜樂」的境地，只要提升心靈，讓心靈覺醒，相信我看待的娑婆世界，一定能充滿和樂、互助。

筆於二〇二一年八月二十七日 山城之午

27 因緣際會

俗語說的好：「來得早，不如來得巧，選期不如撞期。」近來憶起故鄉苛林，充滿智慧與慈悲的古慶瑞校長、曾秀香老師伉儷，乃約了同為民國五十二年國校畢業的摯友英梯（新竹縣政府主計處長退休）及好友紹賢（前全國彭姓宗親會總會長）伉儷，在請示古校長方便的八月二十八日（星期六）上午十點多，至校長位於竹林別莊之華宅聚敘。英梯習於早到，我夫妻及紹賢伉儷則陸續到齊。拜見同為九十六高齡之校長伉儷後，只見英梯與紹賢兩位初識投機，即如無話不談的友人，這即是所謂「有緣千里來相會，無緣對面不相逢吧！」最令我佩服的是，摯友英梯十五歲初中畢業，因家貧遠赴基隆警察分局任工友，但一路進取至新竹縣政府主計處處長退休。

古校長長公子鳴洲伉儷近午時分，從台中趕回，鳴洲是前彰化縣秀傳醫院院長，現為該院副總裁，其妻則是苗栗縣聞名的建台中學創辦人，也是民國三十九年與陳錦相先生同為第一屆台灣省議員 黃運金之孫女，古校長之孫子，前年獲得美國 麻州大學電腦博士學位，古校長全家杏壇芬芳，也杏林濟世，是全國少有的傑出家庭。這次簡單的餐會由我與英梯共邀古校長闔家共聚於芎林鄉聞名的鹿寮坑驛棧，並請紹賢伉儷、守相等共十人圓桌午餐，在疫情微解封後得以共敘，確是我們的福氣與幸運。

先在古校長優美的庭園陸續合照後，在餐廳用餐完，全體於餐廳前十人大合照，留下了溫馨珍貴的回憶。我夫妻與英梯在紹賢伉儷盛情邀約下，餐後隨著到北埔 水磜村（面盆寮）彭姓祖祠「五雲居」參觀，新蓋祖祠莊嚴富麗，紹賢兄多才多藝，熱心公益，任管理委員會主委，為彭姓宗親貢獻良多。參觀後赴附近紹賢祖厝新屋，其家園整理煥然一新，確是他夫妻這兩年來退隱山居的好所在，紹賢兄臨時又邀了其宗親數位同來陪敘，其中有幽默多彩的前峨眉國中校長彭紹彩先生伉儷，及彭雲鋒先生及其兄嫂。彭雲鋒先生乃國際級攝影學家，現任中華藝術攝影家學會理事、台灣攝影學會理事，新北市攝影學會副理事長。言談間知其與苗栗縣攝影學會理事長游行錦先生熟悉，並曾與何恭壜兄先後受邀來苗栗縣攝影學會擔任研習會講師，既是巧合，更是好緣。

在這天的餐敘中，我將前二日所抒寫的兩篇小品文心靈覺醒及龍眼與蜂蜜分送給大家雅正分享。在北埔 紹賢兄府上，與其堂兄弟也相談甚歡，我將五月八日與妻聯合發表的隨緣隨筆及芳草年年綠兩書及期刊分送給在座有緣人，感恩大家喜歡分享我夫妻的精神食糧，更動了我下本書的構思，也止一篇篇起舞地記錄我的生活點滴，雖然寫了二十本拙作，但文友們的期待，更鼓勵了我一篇篇一本本的編輯出版，我只是「一介書生，兩袖清風」，但仍不改初衷，為了理想，去尋找素材，無怨不悔，繼續不斷地再筆耕下去吧！

筆於二〇二一年九月三日　山城之夜

28 勤耕苦讀

偶而從電視或網路新聞中，看到落後國家或貧困地區的孩童，要當童工貼補家計，尤其看到家中祖父母或父母因病歿而無生活能力時，子女甚至要被迫放棄上學，令人感到心酸同情。但幸運的是多年來，國際社會有許多救援組織凝聚善心人士的力量，來救助這群弱勢家庭子女，慈善團體能號召社會「積沙成塔，集腋成裘」或發揮「人溺己溺、人飢己飢」的精神，幫助了許多急難的弱勢家庭生活，也成長了兒童幼苗的教育。

現代國內的青少年，絕大部分有父母親提供優渥的生活與教育環境，極少有自力更生或半工半讀的困境，比起我們民國四、五十年代的人，不知要幸福多少倍。早期農村觀念重男輕女，女生國小、初中畢業，成績最優的除了考上師範，未來指望當老師，否則多到工廠當女工，男生如家貧或功課差，也只能編入放牛班，如不能珍惜求學之黃金時光，也只能宿命地怨天尤人。

現代有些聰明且家境良好的家長，可能會讓孩子助學貸款，只希望孩子們能理解父母工作的辛苦，希望能用自己的能力來完成學業，正如東方與西方的家長觀念不同，東方的父母會對子女說：「爸媽有錢，以後也是你的錢。」西方的父母則會對子女說：「爸媽有錢是爸媽的錢，不是你的錢，你要靠自己賺錢。」可是東方多數的孩子是依賴父母成習慣吧，而父母對子女一直是放不下也放不開。

我的三個孩子從小學到大學，甚至於研究所的生活費、學費皆是我夫妻供給，比起我夫妻從小學到大學的辛苦，真不可同日而語，妻父母早逝，除了兄姊很有限度支援外，多靠自己半工半讀，大學期間她當過保母、家教、國小代課教師，異常辛苦，平時省吃儉用，自賺學費，畢業出社會，幾經磨難，終能順利甄選上國中教師，方有了安定的工作收入。

我隨父母從新竹縣芎林搬遷至屏東縣潮州四年，六年級讀了一段時間，因家父事業不順，我被迫休學。當過送報童、牙醫學徒，也當過五金行學徒，後來父親將我帶回到新竹 芎林老家，在古慶瑞校長協助下，得以寄讀碧潭國校，再考上芎林初中，家境並無改善。我自願輟學留級一年，除幫家裡幹農務，作粗活外，初中二、三年級假日則行走到橫山鄉 九鑽頭水泥廠，挑泥石，賺學費，高中寒暑假則需幫父兄至新竹縣 尖石鄉深山幫做建築工程。大學時期除當過家教、寫稿，賺學費，並與同學寒暑假至印刷工廠打工及攝影公司幹活，賺些微薄的生活費。

從小六到大學畢業，家庭經濟依然拮据，我與同時期的同學多在困苦艱難中求學與磨鍊，因家境困頓，我們真的沒有怨懟的權利，直到服役退伍歸來，與妻有了正常的工作，在父母協助下，我們才能成家立業，也能報養父母，對父母常懷感謝心，只不知多年來我們自己對子女的付出，不敢要求回饋，如「烏鴉的反哺」「羔羊的吮乳」，在子女皆婚後多年，如能深切體悟「養兒方知父母恩」，則余願足矣！

筆於二〇二一年九月二日 山城之夜

29 半佛緣

記得民國八十三年間，我在台北市開平高中服務時，有一位主任教官悄悄告訴我，說我家有一尊菩薩，當年我不覺得奇怪，因為家裡佛堂就供奉觀世音菩薩、伽藍菩薩與地藏王菩薩，迄今還擺設祖先牌位，幾乎每天早上我都會習慣到佛堂焚香禱告，祈求諸佛菩薩保佑全家人平安。但當時主任教官說不是這些諸佛菩薩，而是你的夫人，我先一愣然後微微點頭稱是。的確，自結婚工作、及有了孩子後，家裡多靠妻打理，她白天擔任國中教師忙於校務，晚間更要忙於家裡孩子，讓我能安於外面多年黨務與教書工作，真是我家中一尊活菩薩。

妻大學時即頗有佛緣，參加師大中道社活動後，即與佛教結下善緣，至今結婚四十多年，學校退休後，她有多半時間參加佛教活動，諸如慈濟、佛光山、法鼓山活動及地方佛寺法會等皆熱衷參與，喜唸佛學經書與聽聞淨空師父的電視弘法。從結婚爾來，她的個性始終溫文儒雅，如同其名嫻淑而不多言，我瞭解佛陀之法語感動了她，因緣果報啟示了她，只差一點沒像她四姊出家進了淨覺院，過著暮鼓晨鐘的日子。

在家裡，我與三個孩子皆欠佛緣，妻已堅持茹素了十數年，我們仍在努力中，近來慈濟上人的「非素不可」，與世界疫情的嚴峻皆與葷食有相當的關係，兒子媳婦在台北開義大利西餐廳、媳婦也開始吃素（奶蛋素），兒子餐廳除了葷食也慢慢有創意素食套餐，多少受妻嘀咕感化的影響吧！我雖一直缺少慧根與佛緣，但在耳濡目染下，隨妻到過花蓮慈濟靜思堂、佛光山佛陀紀念館及法鼓山農禪寺參拜。

我義父母一家人是佛教徒，每來苗栗山城，我也習慣陪同前往縣內各寺廟禮佛參拜，尤其有數年時間受到淨空老和尚弟子費師姊影響，與妻一起參加過三時繫念法會。甚至於至台中港及苗栗山區放生、護生（蛇除外），以前是抱持「無竹令人俗，無肉令人瘦」的俗念，嚮往「佛祖心中留，酒肉穿腸過」的錯誤想法，現在雖未茹素，但年紀已漸長，改吃三淨肉，期許自己也能慢慢響應上人號召吃素，愛護地球的善念。

近來看一些佛書多述因緣果報之實例，世間宗教固然有多種，唯感佛教之「存好意、說好話、行好事」，大愛教育較能根植人心，廣度眾生，如今的我仍在海中迷航，但也開始感悟「是日已過，命亦隨減，如少水魚、斯有何樂」的警眾偈，願我家裡一輩子的菩薩，妻能耐心地引航我這位長期思緒波濤，驛馬星動的凡夫吧！

筆于二〇二一年九月七日山城之午

30 再憶老友

民國六十六年夏日，我甫分派苗栗縣後龍鎮民眾服務分社擔任專員，主任將民運、服務、宣傳及社調的工作項目歸我負責。組織、訓練歸另一位姚姓專員負責，婦運與會計則歸一位陳姓婦女幹事負責，劉姓圖書管理員則負責黨籍管理，侯姓老伯負責環境清潔，主任則負責保防與統籌全體後龍鎮黨部業務。王國慶主任極富領導統御能力，在他的領導下，我也學習很多，至今他已九十一歲，雖有重聽，但偶而會有聯絡。是我初任黨職時的第一位好長官。

有一天上午十時，辦公室來了一位英俊男士，抱著一個兩歲左右胖胖可愛的小男孩，這位俊男年齡看來比我稍大，口才流利，談話中得知他名為鄭茂男，在北知青黨部擔任幹事，家住後龍鎮中和里，父親鄭木林，是後龍鎮民代表會主席，算是地方望族。我們一見如故，此後只要他有從台北回來，就會來辦公室找我，之前他有意登記台灣省議員選舉，後因民國六十五年蘇澳船難事件，他北知青黨部所舉辦的大專青年活動受到責難，當時教育部長蔣彥士兼任國民黨秘書長，連帶受到牽連下台，茂男兄原規劃的省議員選舉，就因此無疾而終了。

民國六十九年，陳忠信主委調升我至苗栗縣黨部三組負責輔選文宣工作，當時跟了兩位三組組長，一位是古鎮清，另位是蘇家銘，他們皆非常優秀，我也從中學習許多宣講方法與公文處理方式。兩年後于宗海主委調任來苗栗，茂男兄中央關係不錯，要調回苗栗接任三組組長，事先來電不讓我離開，繼續幹視導來輔佐他。他回來苗栗縣黨部不到一年，因家庭財務因素而辭職，主委派我代理三組組長，繼續繁重的輔選文宣任務，之後幾年他轉行做便當生意，我未真除代組長，輾轉調派至苗栗縣銅鑼鄉、獅潭鄉及通霄鎮黨部，擔任民眾服務分社主任（區黨部書記），那時業務忙與茂男兄失去聯絡。民國七十八年我輔選通霄鎮農會總幹事選舉失利，同一時間家父因病逝世，在禍不單行下，我決心選擇退職，轉換教育跑道。

民國七十八年至八十一年間，我先後在新竹縣 東泰高中，苗栗縣 育民工家服務，當年台北市 協和工商校長吳添洪是苗栗人，與我交情甚篤，介紹我至台北市開平高中擔任夏校長秘書兼公關主任，同時間我把茂男兄也請同往該校擔任總務主任。茂男兄在黨務與教育工作好似不很順遂，我站在好友立場幫助他許多，但最後他又選擇離開學校，回苗栗協助他弟燕南作羊奶推銷生意。我在開平高中服務兩年後，考慮家庭因素而辭職，回到苗栗市建台高中任教，直到民國一〇〇年家母逝世，次年即申請退休，重新規劃自己生涯。

民國八十三年夏，回來建台服務期間，得知茂男兄在後龍一家道教宮廟上班，他一直對道教著迷，某日傍晚下班時，因宮廟前道路斜陡，視線不清，也可能喝了幾杯小酒而摔倒道路旁，經人發現送醫治療，痊癒後無法上班，即跟隨他弟燕南在通霄鎮福隆山養雞場復健養老。民國一〇二年黃慶瑜校長約我同往茂男兄養老之福隆山與他相見，只見他骨瘦如柴，但依然口才練達，他知道我兩星期後要到馬來西亞怡保市參加世界詩人大會，並接受美國世界藝術文化學院頒發榮譽文學博士學位證書，他要為我辦桌恭喜，但迄今已逾八年未見，不知他近況如何，祈禱他平安無恙，也希望能再約友人前往探視之。

筆於二〇二一年九月八日　山城之夜

四 彤霞鴻飛篇

待

汝其知否
以不可割捨的
將贖回那宿命的
汝其知否
就是東風不來
三月的柳絮不飛
續遇一壺清茗
在那個該來的時辰
妳若不來
茶豈敢涼
奏一曲高山流水
妳若不來
窗燭豈敢剪
吟一闕聽雨詞
妳若不來
一任階前點滴
到拂曉天明

~李峯

31 寫作之路
—賀琦香新書出版—

過往曾聽人說：「文學是苦悶的象徵。」但是我更相信：「寫作是最好的療癒。」一篇好的文章或一本好的書籍，一定要先感動自己，才能感動別人，尤其是抒情寫實，當然，最好能從「自傳」開始，從身邊的人事物開始著墨筆耕。

琦香的六本著作，從白雲悠悠思父親、否極福來、紙寮窩紀事、堅忍修得一世緣、親情融融兩相惜，到最近出版的香遠八十瑣憶，閱讀之，無一不是敘述親情、愛情與友情的緜密與濃稠，看了令人動容欲哭，畢竟她的真心摯情與細緻善良，能將生活的素材加以編織成人性的「真善美」，讓我們一些受正統的國文系所教育出身的作者感到慚愧。所謂的文字學、修辭學、訓詁學、語音學甚至寫作技巧，皆難以如她的筆觸自然天成與行雲流水。

在故鄉芎林，我較熟悉有創作或編寫過散文集的文友，除了琦香是早於民國六十年即在中央日報副刊連載的知名女作家外，就是有著作詩境欣賞舉隅、女人的四分之一的悅玲老師、興惠校長的鄉誌、畫作及文史集、守相兄臺的六十個春天及書畫、錦芳誼妹的戀戀春暉及妻淑靜的芳草年年綠等，皆出版一至數本作品。另外摯友英梯處長文學底蘊深厚，曾獲新竹縣國語文競賽社會組作文冠軍，對古詩詞也能背誦不少，只是他仍醉心理財，迄今我仍無法催生他筆耕，相信他寫作機緣快到了。

琦香雖自小失學，如今又有點失聰，但憑毅力、使命效法劉俠（杏林子）精神，寫出一部部扣人心弦的勵志好書，也一直是我個人學習的榜樣。今日觀其新書首篇〈異域驚魂〉，小說式的散文描寫，閱之令人愛不釋手，書中的人事物敘述與邏輯思考，很能吸引讀者的注意，這是一般作家所無法達到的境界，我個人寫作三十餘年，出版拙作二十本，卻也無法寫出如此細密及真情有義的散文。

國內外知名的文學大師及詩學大家，多已作古，然其作品卻能萬世流芳、振奮人心，真所謂「哲人已遠，典範長存。」盛唐之李白、杜甫、王維，東晉之陶淵明，北宋 蘇東坡等詩文最為人所樂道，但其背後所經歷的苦難與心血，正是醞釀他們能超脫一般人的絕世好文，所謂「蛛絲馬跡都學問，落花水面皆文章。」琦香姊能善用周邊的親戚、家人及朋友的情感元素作聯結，創作出一本本好書，讓一篇篇美文起舞，我看到琦香姊此本香遠八十瑣憶及中國文藝協會秘書長綠蒂博士，即將於今年十二月發表的十八、八十詩集訊息後，也自我期許九年後有這個榮幸——「龍影八十」散文集面世。

筆於二〇二一年九月十八日 中秋

32 殺生與護生

慈濟上人多年來鼓勵人類吃素，而且「非素不可」，強調地球上的「地水火風」四大不調，皆因與葷食有大部分關係，願雲禪師謂：「千百年來碗裡羹，冤深如海恨難平，欲知世上刀兵劫，但聽屠門夜半聲。」白居易詩：「誰道群生性命微，一般骨肉一般皮，勸君莫打枝頭鳥，子在巢中望母歸。」其主要動機是要我們將心比心，同情同理心，更要長養慈悲心，不要殺生，更要護生。

早期社會農村多貧窮，蔬食淡飯，只圖飽足。今之社會時尚，民生富利，山珍海味不足為奇，久之，業報隨身，因果循環，輕者身體欠安，重者家破人亡，豈可輕忽！

蓮池大師偈曰：「物物各有情，何苦煎太急？」如同曹植七步詩之「本是同根生，相煎何太急？」幾經逆向思考後，真如暮鼓晨鐘，也似醍醐灌頂呢！妻是佛教徒，在佛書中體悟蓮池大師所云：「婚禮不宜殺生。」又云：「婚者，生人之始也。生之始而行殺，理既逆矣，又婚禮吉禮也，吉日而用凶事，不亦慘乎？」其苦口婆心，悲智雙全者，幾人能夠？記得十多年前，我三位子女陸續成婚，妻堅持喜宴全數為素宴，我與子女也長養慈悲心，同意戒殺，三場喜宴全數依妻建議素食，參加賓客們也能體諒，歡喜當作功德一件。

最近閱讀「放生感應奇蹟記」及「現代因果實錄」，內心開始有懺悔意念，也開始減少葷食，隨妻粗茶淡飯，雖然身有宿疾，體型清瘦，但我摯愛的親友，偶會寄送營養食品給我補身，異常感恩。過去家中晚間廚房常有蟑螂成群橫行，一開始，晚間用「滅蟑」噴灑，翌日死蟑死蚊成堆，甚至尚有掙扎顫抖者，我夫妻決心清掃庭園，從衛生做起，讓蟑螂與蚊蠅不能孳生，我們就不需殺生了。這幾天晚上，發現有小蟑螂在我腳旁亂竄，我為避免踩死它，不斷地移動雙腳，餐桌上偶有幾隻小螞蟻覓食，我乾脆拿了麵包屑餵食，我不理解這是放生還是護生？

今年中秋節前，我載著幾箱西湖文旦慰問故鄉「官家庄」八十歲以上的宗長，其中有些宗長依然生龍活虎，但也有長臥病榻，令人心生憐憫，也生畏懼，我唸佛不精，甚至會有疑慮排斥，與妻學佛的反差很大，不信因果，但因果依然存在，家中有菩薩，菩薩即我妻，偶會隨妻在華藏衛視前敬聆淨空老和尚講經說法，了解「佛法難聞今已聞，明師難得今已得。此身不向今生度，更向何生度此身。」但願大師的開示，菩薩的慈悲與老病的示現，早日能讓我皈依佛門。

筆於二〇二一年九月十九日　山城之夜

33 鄉愁幾許

今年中秋節前，我數度聽到故鄉芎林的呼喚，一次是半月前陪妻回鄉，去拜訪年已九十六歲的前碧潭國校古慶瑞校長伉儷。這次則是在中秋節前三日，我夫妻再度回故鄉芎林，探望年已九十七歲的孔昭順書法大師，及八十八歲慈祥的乾姊劉水妹，一聲聲的關心問候，深深感受到溫馨與愉快。

新詩泰斗余光中的「鄉愁」：「小時候鄉愁是一枚小小的郵票，我在這頭、母親在那頭。長大後鄉愁是一張窄窄的船票，我在這頭、新娘在那頭。後來啊！鄉愁是一方矮矮的墳墓，我在外頭、母親在裏頭。而現在鄉愁是一灣淺淺的海峽，我在這頭，大陸在那頭。」余光中大師於二〇一七年十二月二十一日，這位傑出的詩人、散文家、翻譯家，在台灣高雄病逝，享年八十九歲。他最為人熟知的作品「鄉愁」象徵著許多大陸中國人和海外華人感受到的苦痛分離、流離失所，以及對文化統一的渴望，他過世了四年，但

龍影夫妻新書聯合發表會，首請孔昭順大師致詞(旁為其長公子孔憲台博士)。

這首「鄉愁」在兩岸，甚至於海外不斷有人在傳唱、在思念。

擔任台灣官姓宗親顧問團聯誼會會長已第三年，我訂購了四十餘箱知名之苗栗縣西湖文旦柚，寄贈給全體顧問團顧問及親送「官家莊」滿八十歲以上之宗長十餘人，並請鄰長秀枝姪女陪同也一一拍照存念，這些宗親都長我十歲以上，他們對我印象並不陌生，自小就一同在這村莊裡成長，只因長大後負笈在台北讀書、在離島服役、在異鄉工作，偶而回鄉與村裡宗長聚敘話當年，紓解離鄉多年的思念與鄉愁。

翻開官氏族譜之「航台始祖汝光公派下九大房世系表」，了解自己列屬第六房，或許我們這邊小小官家莊地靈人傑，雖已分枝散葉到各處發展，但在各行業頂天立地、出類拔萃者不少，初步統計官氏子孫有博士頭銜及正攻讀博士學位者，至少有二、三十人，奉獻社會，為國所用，這可是祖先的庇佑與官家的榮耀。

記得於民國九十三年四月十日，個人選定於故鄉芎林國中育賢堂辦理「亮麗人生」之鄉之情及呼喚與吶喊兩本新書發表會，參加者有一百五十人之眾。後於民國一〇八年七月也在母校芎中 育賢堂，辦理第二次之新書承擔與放下發表會，故鄉的親友捧場者尤眾，令我感動不已，故鄉的人文與風情蘊育了我這遊子，每逢佳節倍思親，親不親故鄉人，甜不甜故鄉水，如此低喚的「鄉情」，我又怎能不多安排時間歸鄉呢？

筆於二〇二一年九月二十一日 中秋節明月夜

34 淺談教學管理

慈濟證嚴上人曾說：「沒有教不會的學生，只有不會教的老師。」隆、克拉克的「優秀是教出來的。」基本上在教育的理論觀點是正確的，但學生的學習態度影響老師的教學熱忱，也是需要理解的。學校的行政支援教學更是不可忽視，常言道：「教育為百年大業、十年樹木百年樹人。」學生不只要學習知識專業，更要學習倫理道德。自政黨輪替，民進黨執政後，學校偏廢了禮義廉恥與四維八德，新的課綱也與歷史脫節，老師、家長更無所適從，學生又如何能優秀、又如何不逆向思考反其道而行。

早期人本教育文教基金會創辦人史英，教育界人士對之並不陌生，他是中華民國教育改革人士，也是台灣大學退休副教授，長期投身教育改革，早年投入教改十餘年以批判學校老師體罰為重點，成為在教師和學生們中最具有爭議性的教育界人士。他並推動「建構式數學」與處在第一線教學現場的基層，老師幾乎完全不同的解讀方式，其思維很不能被教師所認同。過去在報章上不難發現老師處罰學生，則被貼標籤批判，學生暴力老師，則視為當然，許多優秀師資從此反視教學為畏途了。

我個人離開黨務轉換教育跑道，分別在四所私立高中職任教二十三年，因健康因素提早於六十二歲退休。在教育生涯中也理解私立學校有生存的壓力，相對的老師們更承受招生與教學管理的重擔，校長與行政主管如不能做老師教學的後盾，久之老師倦勤與怠惰之心態自然會顯現，除了影響學生受教權，也會失去教育應有的目標。

過去龍騰圖書公司曾特別向我約稿，我以「春風化雨」來引述教室裡的春天，讓學生如何在溫馨的氛圍中享受學習的快樂，但是班級畢竟有少數學生不能配合團體作息，我就會以個別輔導方式，久之即能融合團體「教與學」的氛圍中。民國九十一年我也曾應苗栗縣教師會邀請，以「化雨春風」作專題演講，我個人紓解壓力的理念是「把教育工作當作生活的一部分」、「不把生活當作教育工作的一部分」，老師除了有專業知識需要絕對尊重「教學」

沒問題，但「管理」是一種藝術，就得靠智慧，尤其在民主時代的今日，不能打罵教育，適度的處罰，又難以拿捏，動輒得罪家長，來校興師問罪，搞得校長、主任無法應變，最後總怪罪「千錯萬錯是老師的錯」，如此不負責任的推諉，老師真不知該如何「管」與「教」呢！

多年前我個人曾應邀至縣內各機關團體、學校演講多場，不敢自詡是否講得好，畢竟一般人的觀念是「遠來的和尚會念經」，演講者只要懂得演講技巧與一些專業知識，即能贏得聽眾歡心與支持，不用去擔心秩序問題。妻教職退休後，還參加慈濟大愛媽媽進校園講故事，迄今已有十多年之久，未曾聽她喊累，因為擔任志工講故事是學生最喜歡的課程，沒有學習進度也無考試壓力，表面上「教師」是一種清高的行業，然世風日下，尊師重道何在？正如唐韓愈的師說所言：「師道之不傳也久矣！欲人之無惑也難矣！」上層的教育決策者，是該啟動大智慧的時候啦！

筆於二〇二一年九月二十四日　山城之夜

35 大樟樹之痛

約在二十年前，我請園藝行老闆羅先生移來一棵半樓高的鳳凰樹在屋前牆邊種植，幾年後樹幹愈長愈大，枝葉愈來愈密，花開愈來愈多，像熾紅的火傘，好美好美。每當落花滿地時，也頗像油桐花翻飛滿地般很有詩情畫意，真有晚清龔自珍己亥雜詩之「落紅不是無情物，化作春泥更護花」的意境。

但我家院子實在太小了，這棵鳳凰樹愈長愈大，樹身已貼近了圍牆，樹根更穿透了牆外，與妻商量多次，為增蓋中庭，只好請園藝行工人將鳳凰樹鋸短移植他處，移植他處後，我夫妻與子女也頗為不捨，如同我家獼猴「小龍」一拳養了三十五年而離開我們一般難過。人往往是矛盾的動物，既要種它，又要砍它，最終落個懷念與難受呢！鳳凰樹移植後，雖然從此不再有火紅的鳳凰花落英繽紛的詩情，但也增寬了中庭，作為我寫作的工作坊與待客的小客廳，真是有一得就有一失也。

回顧四十多年前，搬來此木鐸山社區定居時，僅有雙拼式國宅八家，但有一棵近兩百年的老樟樹，矗立在社區的路口，完全不礙住戶出入交通。近二十多年來，搬進此木鐸山社區的住戶，已增至二十餘戶，建商只顧私利，在大樟樹旁又加蓋了幾棟房舍，使原本單純的社區變得複雜起來。這棵看來是社區保護神的大樟樹，隨著住戶的人多嘴雜，已變得不太受歡迎，因為樹大招風，落葉滿地，掃不勝掃，居民不堪其擾，甚至於颱風狂襲，屢屢破壞附近居民屋頂，這棵屬於附近國中校產的大樟樹，也變成被告發的對象，對它來說，真是無奈與不幸啊！

無可避免的，這一天終於到來，也就是中國國民黨主席改選前一天，我從街上辦事回來，看到幾個陌生人，在大樟樹下貼了一張紅色大幅的學校公告，說明隔天要砍除此樟樹，請居民將自用小客車開離至附近學校籃球場，認同的與不認同的居民，聚在大樹下你一句我一句議論。當晚有人在樹下燒了香與紙錢，請樹神移駕至別處。第二日清晨，我在樹下喃喃自語也請樹神趕緊移駕，妻則在家佛堂為此棵大樟樹念了一部普門品，迴向樹神。

八點左右幾位鋸樹工人先到場等大吊車過來才開始動工，我則不客氣地質問為何要連根剷平，工人解釋說樹根已嚴重侵入住戶圍籬內，颱風也多次破壞另戶屋頂，學校多次接到住戶反映，不得不做此下策。不久，大機器吊車到來即開始鋸樹，我在家聽聞鋸樹聲唧唧，心生難過，但也無奈阻止，約兩個小時後鋸樹聲已停止，我到現場觀之，大樟樹已憑空消失，只見幾位居民在撿拾樟樹碎片，讓人心有戚戚焉。

守相兄聞之曰：「一個月前我砍田裡兩棵樹，砍前兩天便先念一部金剛經迴向樹神，請樹神離開。」榮宗兄則謂「為何要砍掉呢！難得長得這麼大棵的樹，砍掉了多可惜！」這是很令人糾結的問題，砍與不砍，真令人難解。

筆於二〇二一年九月二十七日　山城之夜

36 師恩難忘

我們所熟悉的教師節是固定在九月廿八日，在這天，學生們通常都會對老師表達自己的感謝之情，也提醒大家珍惜，尊重辛苦的老師們，而這個日期跟「至聖先師」孔子有關，除了我國的教師節，其他國家的教師節也不同日，還有一個聯合國認證，統一的「世界教師日」是在十月五日，世界教師日是聯合國教科文組織和國際勞工組織共同發起的節日，為了讚揚和感謝全世界的教師為教育所作出的貢獻。

我與妻在中學教學年資加起來共五十二載，我六十二歲退休，妻五十四歲退休，我們退休已十數年，妻在教職期間，曾榮獲苗栗縣power國中教師第一名及獲頒講義雜誌、中華民國全國教師會主辦之第二屆power教師獎。我在職期間，亦曾榮獲全國私教協會全國模範教師獎、大勇獎，並曾於民國九十一年榮獲教育部暨台灣省教育會「化雨春風」徵文優勝獎，雖然不敢說「燃燒自己，照亮別人。」但在職期間，我夫妻均能盡責做好教師的本職。在職期間，每年教師節這天，與其他老師一般，辦公桌上總會堆上一堆學生送來的賀卡，這是給我們老師的安慰、讚賞與勉勵吧！

回顧自己從民國七十八年轉任教育跑道，至民國一〇一年退休，如今畢業在社會上服務的學生年齡，多在三十歲至五十餘歲，每到街市辦事，多會遇到不少自己教過的學生，他（她）們一聲聲「老師」的呼喚，讓我感到一陣陣的溫馨與窩心。我因緣在新竹、苗栗及台北四所私立高中職日夜間部任教，離「桃李滿天下」美稱應不遠，教過的學生總喜歡給我取個綽號「貓王」，或稱呼我的筆名「龍影」，對高中職學生的教育，我都會謹守「師道」分際，畢業後相遇則以「亦師亦友」稱之。

我自幼及長的求學生涯，也曾在跌跌撞撞中過來，最是讓我感恩懷念的老師，碧潭小學有林煥田老師給我啟蒙，潮州小學有柯文仁老師給我勉勵，芎林初中有孔昭順老師給我教誨，竹東高中有鄧源和老師給我督促，東吳大學有黃登山教授給我幽默，師大教育學分班有李春芳教授對我亦師亦友，師大國研所有傅武光教授對我國學指導，更是我夫妻及長女之恩師，俗話說：「一日為師，終身為父。」在學習的態度上更要「活到老、學到老」，我尊重我的老師，相信學生自然也會尊重我這位老師。

今日是教師節，我正起筆為文時，家裡電話聲突地響起，接聽後方知是妻多年前在西湖國中任教之林碧雲同學，要祝她老師教師節快樂，印象中每年教師節這天，她都會來電祝賀，真令人安慰與感動。

筆于二〇二一年九月二十八日　午

37 生活雜記

退休十年來多陪妻整理家園，兩棟房子與庭院為保持整齊、清潔與保持文化書香氣息，自然要花費一些時間與金錢勞力，兩棟房子間的通道擺設一些盆栽，牆上掛貼了一面大幅的國旗，兩旁種植的藤花已攀爬國旗兩旁，而且一直延伸包圍保護著這面在社區醒目的中華民國國旗，多年來它依然緊緊貼在牆壁上，它代表我們的國家與風雨飄搖又不搖的榮耀。每日我只要開啟大門，第一眼總會看到這面國旗，我自然會虔誠地行注目禮呢！

最近與妻順利打了第二劑莫德納疫苗，要多喝開水、除了打疫苗後之兩天所注射臂膀微微痠痛外，幸運地沒有其他副作用，有多位好友來訊，不是發高燒、暈眩，就是嘔吐難過。開始時國內疫苗不足，朝野爭議不斷，如今鴻海、台積電與慈濟所購之壹仟伍佰萬劑BNT疫苗，與他國莫德納疫苗、

AZ疫苗陸續運到國內。陳時中指揮官謂覆蓋率至十月底也將達七成，這段期間國內本土確診人數連日掛零，政府也開始有條件地解封，讓一些餐飲業與旅遊業逐漸恢復往日的興盛，希望能完全解封後，大家方能鬆口氣，重新振興國內企業與經濟。

為出刊龍影文訊九至十一月（第八期）季刊，我除了要定期邀稿、寫稿、訪問、編輯及送公司排版，及五、六次的來回校稿，今總算搞定，待印刷出來後，又得一一寄發熱心相挺的文友，多年來這些文友也是支持此季刊得以存續的原因。感恩妻詳細的核稿，不然凡事皆要我一人定奪，可會累出病呢！拙作是二、三年出一本，季刊則是二、三個月出一期，稿子自己想，經費自己籌，無怪乎多數人不敢經營出版社與辦刊物，既無利可圖，又是極傷腦筋之事，只是要維護中華傳統文化與滿足部分讀者的閱讀興趣，總要有人來犧牲。

家園築在半山崗，住了四十餘載算是鬧中取靜，妻很滿意可聽暮鼓晨鐘也宜聽經聞法，與社區附近蓊鬱的樹木相鄰，可聽聽鳥雀與自家所飼養的幾隻觀賞雞與鸚鵡叫聲相互呼應，好不熱鬧。礙於開始疫情嚴峻，親友間幾乎不相往來，只靠電話與手機以通有無。近日微解封後，方得以邀請親友到家裡或到親友府上茶敘，以紓解思念愁緒。社區的大樟樹於前一段日子被判擾民而消失之後，開始幾日真有不習慣與不捨的感覺，但社區也因無落葉而顯得乾淨多了！生活總要度過，適應環境也是我們要學習應變的生活方式吧！

筆於二〇二一年十月九日　山城之夜

38 重陽獅潭遊

今天是農曆九月九日重陽節，令人想起唐朝王維的〈九月九日憶山東兄弟〉：「獨在異鄉為異客，每逢佳節倍思親，遙知兄弟登高處，遍插茱萸少一人。」此首詩是王維十七歲時所寫，當時王維離開了家鄉蒲州到長安準備應試，適逢重陽佳節，因而思親懷鄉寫下這首詩，強調今天是重陽節，更加想念父母兄弟，在遠地的自己，知道其家中兄弟們在登高的地方，大家衣襟上都插著茱萸，卻少了自己一個人啊！王維被後世譽為「詩佛」。王維的詩中具禪意，以山水田園詩的成就最為突出，他在繪畫、音樂、書法方面的造詣極深，被譽為「詩中有畫、畫中有詩」。

今年重陽節上午我夫妻開車載著鄰居何太太，經過頭屋鄉明德水庫、一覽山光湖色、環湖繞往何太太故鄉獅潭，也是民國七十四年，距今三十六年前我曾被上級派往國民黨獅潭鄉黨部擔任主任，為民服務之好地方，在這稍微偏鄉的山村，人口不及八千人，但絕不因人口之減少而疏淡了當地人文特色。尤其前些日仙山靈洞宮大牌樓於山下興建落成，雄偉之姿，儼如獅譚鄉之地標與新的鎮鄉之寶呢！聽聞牌樓落成之日，前往觀賞人潮賀客如潮湧，令人驚嘆不已。

到了獅潭鄉境我首先將何太太載至其大弟涂泉明先生所經營之「泉明生態教育蠶業農場」，泉明兄曾獲選苗栗縣十大傑出農民，平時推動公益不遺餘力，個性溫和而幽默。因疫情關係農場經營自然受到影響，相信疫情過後，以其經營農場理念及蠶寶寶的教育養成，會吸引更多學校及外地家長、學生前來接受極有意義的導覽與教學呢！停留半個多小時，算是舊地重遊吧！對其農場早不陌生，隨後告辭，載其姊何太太到附近她老家新建住屋。

上午十點許我夫妻再依約至永興村榮宗伉儷所經營之「桂橘園民宿」，老朋友相見促膝長談，中午並在其府接受中餐款待，所謂恭敬不如從命，話匣子一開，盡談我們童年往事，早期那種農村生活普遍貧窮，有笑亦有淚、有苦也有樂，如今我們皆已邁入孔子所謂「七十而從心所欲，不踰矩」的中晚年，那種回憶總是令人難忘。

榮宗兄長我兩歲，也是刻苦有成，高中主任退休，尤其對其母親思念令人無限動容。其妻冬蘭曾任獅潭鄉婦女會理事長，青溪婦聯會主任委員，也是我芎林同鄉同學錦城之妹，種種因緣，數年前她請我回獅潭鄉向百多位青溪婦聯會婦女們演講，小小鄉鎮卻有濃濃人情，令人難忘。榮宗兄伉儷闔家和樂融融，每有節慶總會回老家團聚，子孝孫賢，在這急遽變遷，人情冷漠的社會裡，能有如此良好倫常的家庭著實不多矣，可喜可賀。

筆於二〇二一年十月十四日　農曆九月九日重陽節

39 知己難尋

曾經在網文中看到有這麼一段話：「真正朋友一定會越來越少，因為走著走著方向不一致了、性格不相容了，地位有懸殊了，所以才有「人生難得一知己」的感嘆，不是總在一起玩樂的就是好朋友，患難與共才是知己，這跟見面多少無關，跟有錢沒錢無關，可一定跟是否善良、是否厚道有關，不要在乎失去了誰，要去珍惜剩下的是誰。」的確！讓年過七十的我，有感同身受啊！

我最喜引用星雲大師一句話：「有緣多聚聚、無緣隨風去。」很多事是不可勉強，朋友可以選擇、兄弟不可抉擇，朋友關係首重情義，而非利益為重，友情需要誠摯、珍惜，但當理念不同越走越遠形同陌路，即如同磁場不再，就不可能相挺相隨了，到志不同道不合，也就不需勉強修補關係了。我個人的想法依然要心存感激，過去曾一同走上友誼的道路，如今也無需似仇人一般視之。當然要尋一知己，要有緣份也就是要有共同的理念與想法，大家耳熟能詳的「俞伯牙與鍾子期」的故事，子期在楚國境內當樵夫，一日，晉臣伯牙在漢江彈琴，鍾子期聽到聲音說：「巍巍乎若高山，蕩蕩乎若流水。」兩人結為金蘭，相約翌年中秋節再見，屆時伯牙依期赴約，但鍾子期已去世，伯牙得知鍾子期死後，認為世間再無知音，一生不再鼓琴。

唐宋八大家之蘇軾、蘇轍兄弟，蘇軾比弟弟蘇轍年長三歲，兄弟倆從小並肩攜手，長大後更是患難與共，蘇轍說哥哥「扶我則兄，誨我則師」：蘇軾認為弟弟「豈是吾兄弟，更是賢友生」。甚至說弟弟的文章勝過自己，宋代時兄弟同朝者甚多，但像蘇軾兄弟那樣歷經患難而始終兄弟齊心的卻很少，蘇軾之水調歌頭：「人有悲歡離合，月有陰晴圓缺，此事古難全，但願人長久，千里共嬋娟。」與蘇軾的絕命詩：「與君世世為兄弟，更結來生未了因。」

雖然時空的浩劫，將使偉大的時代的一切都蕩然無存，但兄弟之情或知音之誼，都將在死死生生的輪迴中永恆地延續著。

元代高明的琵琶記中有句：「我本將心向明月，奈何明月照溝渠。」意指我好心好意對待你，你卻無動於衷、毫不領情，自己的真心付出沒有得到應有的回報與尊重，有如今日的國際關係與人際關係的現實，讓人有「熱臉貼人冷屁股」的感覺，如此情形我們是否應自立自強，方能保住國家與個人應有的尊嚴呢！

筆於二〇二一年十月十八日　山城之夜

40 直銷與傳銷

何謂直銷？與傳銷有何差別，依維基百科解釋廣義來說，直銷主要分成直效行銷，直接銷售，單（多）層次直銷三種，直效行銷是一種行銷方式，主要是產品製造者、生產者或是進口商，透過媒體或能與消費者直接接觸的通路（例如郵寄、DM、數位、廣告、廣播電台、電話溝通……等）將產品與服務的訊息直接傳遞給消費者，這種行銷方式是讓廠商、生產者直接與消費者做溝通，讓潛在消費者願意主動聯繫廠商，生產者達成購買的目的。比較常見的就像是郵購、電視購物這類的。

直接銷售和直效行銷類似，但不太一樣，直接銷售是指商家直接面對面，或者直接把商品送到消費者手上，好比有時候你會在路上看到某某農業地直銷，這種果農直接把產品賣給你，中間沒有任何的代理商，只有廠商與消費者構成，這種叫做直接銷售。

直效行銷是一種行銷方式，而直接銷售是一種模式，比較常見的像是一般外面的路邊攤、農產品的產地直銷，筆記型電腦大廠 Dell 戴爾電腦等。單層次直銷意指銷售員的收入，主要來自於其個人銷售的貨品，至終端消費者所獲得的零售利潤，記得二十多年前少數的直銷公司堅持使用這種制度，但並沒有維持多久。

多層次直銷，這是我們現在常見的直銷和單層次相比，主要是差在營銷人員賺取的，除了賣給終端消費者的零售利潤以外，還包含旗下所建構出來的銷售網路，所產出業績後的一定比例的獎金。依法律條例我們不難發現，直銷是一種經銷的方式，是屬於合法的行為，而傳銷則是一種擾亂經濟秩序，營銷社會穩定的非法行為，國家法律將傳銷定義為非法，將直銷定義為合法的一大重要原因，是兩者之間的產品觀念有著特別大的區別。直銷企業從來都不曾間斷他們對於產品的研發，他們或許會花費一年、二年甚至五年、十年來研發新產品，開發產品的高質量和核心優勢來贏取更大的市場，獲得消費者的好評。

總而言之，直銷有產品，且有國家標準檢驗的高質量好產品，傳銷沒有產品或只有偽劣的質感差產品，看此組織沒有產品，就要讓人繳費我們避之惟恐不及。多年來電視廣告、廣播電台、網購等等如雨後春筍在推銷高品質，信用保證的消費品，請醫師、營養師或專家做代言，讓需要者趨之若鶩，他們的直銷話術也很能打動人心。過去因親戚在做直銷，我為幫她做點業績也花了幾萬元購買能量毯、萬能巾，這些是香港鈦澤集團所生產，早期也有親人直銷妮芙露毯被，說什麼有能量高紅外線，我迫於一半人情、一半信用而花費數萬元購買。近年因我個人身體欠安，聽廣播看網路訂購一些藥品，單就皮膚藥就花費數千元，當然也有它一定的效果，至於治病養生的廣告藥品，許多年長者在主持人的說話術，導引誘惑下總容易變成粉絲會員，產品的效果是否如其所言，那就見仁見智。

妻總是節儉，相信醫生，我對少數醫院、診所也不敢全以置信，但又不能病急亂投醫，只期望產銷者能有商德，醫生專業代言人更要有醫德，消費者方不致有花錢被欺騙的感覺。

筆於二〇二一年十月二十三日　山城之夜

五 隨緣隨筆篇

木鐸山讌集

木鐸山來恰暖冬
陡坡車上似蟠龍
沿途落葉鋪成毯
滿目枯枝矗插峰
盛宴酒歡官宅第
鴻儒詩暢我心胸
相期著作千秋業
屹立文壇不老松

~商吟

41 錄影帶的沉思

最近居家清閒，突地想把三個孩子十多年前結婚錄影帶與幾次新書發表會，請專人特別錄影的帶子重新觀賞，外客廳的電視已用了十四年，也瀕臨淘汰。這次拜「五倍券」之賜，徵妻同意，趁此時換了五十吋的新電視與錄放影機，與妻晚飯後靜靜地播放欣賞，似乎走入時光隧道，拜科技興盛之福，時光倒流般看到十餘年前來祝賀的親友，場面熱鬧，互動是如此的親切與自然。

在錄影帶中也看到好幾位親友已離開人間，然而他們的影像與聲音依然在電視銀幕上出現，真所謂「音容宛在」啊！過去我們一般人只能在電視上與報章上看到演藝人員或公眾人物過世後的焦點新聞報導，一般老百姓過世即如徐志摩的再別康橋：「悄悄的我走了，正如我悄悄的來，我揮一揮衣袖，不帶走一片雲彩。」似路人一般，不會引起太多的關心與嘆息，十年前的變化是如此令人嘆息。那十年後的情景又會是如何？我不敢想像，也不敢擔保自己是否還能逍遙在人間。大自然的定律，不會獨厚任何人，唯有階段性設定目標挺進，讓自己能怡然放鬆與看開放下，讓生命的意志力與健康養生的方法同步，屆時心情即如徐志摩的：「輕輕的我走了，正如我輕輕的來，我輕輕的招手，作別西天的雲彩。」只有祝福，沒有哭泣。

在社會芸芸眾生中，能看破生死，理解生死意義的人恐怕不多，社會需要許多心理諮商師及生活輔導員，除了宗教信仰，專家提議長壽養生法亦不妨參考，如唱歌、跑步、不要久坐、吃薑黃、減少攝取卡路里、吃綠葉青菜、擁抱、吃花椰菜、睡眠質量、開心、少吃糖、維持鎮靜、飲茶、吃蘋果、少看電視、跳舞、吃大蒜、吃堅果、護理牙齒、大笑。這些方法都是權威部門通過調查研究出來的結果，何妨參考，或許可讓自己比想像的要長壽健康，不致太早面對死亡的恐懼。

我們多數人有參加親友長輩死亡告別式的經驗，那種場景自然令人哀戚肅穆，參加多了，看多了，也就有一種平常心態，行禮如儀的生命禮儀，旁人難有似死者至親至愛刻骨銘心的悲痛。一般告別式的場合，常會看到地方政治人物去捻香，匆匆地來、匆匆地去，趕場式地致祭，只讓旁人感覺是一種作秀，只讓喪家知道他有來而已，似乎無特別的意義。

在數十本櫥櫃裡的舊照片與錄影帶中，親友的互動別離，給我不少的悸動與啟發，偶會陪妻到鄉野接近大自然，探親、訪友或逛街市、上醫院等等，也已習慣牽著手，不在乎旁人羨慕或異樣的眼光。在一成不變的生活習慣中，我除了蒐集一些素材寫寫稿，集結出書，也騰出時間編寫文訊期刊與有緣的親友架構一座心靈對話的平台。在人生旅途中，我茫然地在趕集似的，人與人間的親情、愛情與友情，真摯到極點，還真教人生死相許，及時分享與珍惜我們現在所擁有的，相信會如王維的「行到水窮處，坐看雲起時」的自然舒坦吧！

筆於二〇二一年十月二十七日　山城之夜

42 會說話的鳥

在手機網路中，曾多次看到國內外有人養的鳥，例如鸚鵡、九官鳥、八哥鳥或其他鳥，會學人講話、唱歌或跳舞，甚是有趣。

有一位父親在外買了一隻會講話的鸚鵡回來，增添了家庭的樂趣，他家唸小四的男孩回到學校向班級同學誇耀，有三個調皮男生下課時溜到了這家庭院，甲同學拉了那隻鸚鵡的左腳一下，那隻鸚鵡就說：「你吃飽了沒？」乙同學又拉了那隻鸚鵡右腳一下，那隻鸚鵡就說：「你有空閒嗎？」丙同學很好奇，同時拉了那隻鸚鵡左右腳，看牠會說什麼，豈料那隻鸚鵡很大聲的說：「你吃飽太閒嗎？」

有一名開小吃店的老闆，有一天在一家鳥店買了一隻剛學會幾句人話的九官鳥，例如簡單的幾句；「你早！」「你好！」「請進來坐！」等，主人將牠關入鳥籠，掛在小吃店門旁屋簷下招攬客人。果然，開始幾天生意很不錯，但過了一個禮拜，生意卻很清淡，一批批客人走到門口後，又回頭離開，主人覺得很奇怪，就走到門口看怎麼回事，這時有一對情侶挽著手正想進入店裡，看到鳥籠裡的九官鳥很好奇，逗弄牠一下，這隻九官鳥一開始說：「歡迎，請進來坐。」主人正感高興這鳥會給他帶來好生意，豈料九官鳥被這對情侶逗弄煩了，竟說：「幹ＸＸ」，情侶不高興又離開，主人一氣之下，將這隻九官鳥宰殺燒烤了。

記得民國六十年，我唸大二暑假時，回新竹老家度假，家父要我拿一份工程契約書到竹東一位設計師家裡，那家庭院很大，但大門緊閉著，我敲敲門並大聲喊：「請問有人在嗎？」聽到裡面有人回應：「請進來坐」，我推了門，進入裡面客廳沙發坐著，但等了近十分鐘仍不見有人出來招呼，我再喊：「請問有人在嗎？」同樣聽到那聲：「請進來坐」，我東張西望，竟沒有任何人影，正感疑惑，看到客廳旁吊掛著兩個鳥籠，裡面分別有鸚鵡與九官鳥，我隨口再喊：「請問有人在嗎？」那隻九官鳥即回應「請坐請坐」，我一時感到迷糊，也是第一次聽到鳥會講話，也有被愚弄的感覺。

民國六十七年間，因工作關係，在苗栗木鐸山岡購了一棟房子，民國七十四年也將屋前六十坪空地購下，搭建鐵皮屋，作為與友人打桌球的場所。某晚，球友清明兄前來打球，打了幾場，尿急到屋後如廁，突然聽到在暗處有人說：「我會講話哦！」清明兄嚇了一大跳，匆忙地回到桌球室向我說明這件事，我開始也懷疑，一起到屋後，原來是我新購一隻九官鳥，我常用錄音機教牠「你早！」「你好！」，怎料牠這次卻對清明兄說了：「我會講話哦！」之後，就未曾再聽牠說這句話啦！

萬物皆有靈性，如牛、狗等動物也有佛性與人性，特別忠於主人，長久以來，我也飼養了猴、狗、觀賞雞與各種鳥類，每當這些動物自然死去，我都會因此難過好幾天。妻很反對我飼養這些動物，但不知怎麼，自民國七十九年首度隨團旅遊到中國廣州參觀一座小型動物園後，回到家就與禽鳥結緣，直至今日仍樂此不疲。

筆於二〇二一年十月三十日　山城之夜

43 人生新悟

今天是我的生日，買了一個伍佰元蛋糕，吃過晚飯，九點許，妻端出生日蛋糕，點上一支蠟燭，為我唱了生日快樂歌，我閉上眼許個願，吹了蠟燭，切了蛋糕，開始喜悅地吃蛋糕，似乎每年生日皆如此。記得去年此日，宗親好友為我祝壽，在自家安排兩桌宴客，又是壽桃，又是豐盛菜餚，把我夫妻累了一天。離譜的是，兩星期後，我意外發生車禍，撕裂了左胸兩根肋骨，依習俗已有年紀了，不能因慶生而讓上蒼知道我們的歲數。

古今文人，對自己人生都難免有深刻的嗟嘆，譬如唐杜甫的「飄飄何所似，天地一沙鷗。」王維的「行到水窮處，坐看雲起時。」北宋蘇軾的〈觀潮〉：「廬山煙雨浙江潮，未到千般恨不消，到得原來別無事，廬山煙雨浙江潮。」

再如：

海明威的：「優於別人，並不高貴，真正的高貴應該是優於過去的自己。」

梁實秋的：「你走，我不送你；你來，無論多大風多大雨，我要去接你。」

徐志摩的：「走著走著就散了，回憶都淡了；看著看著就累了，星光也暗了，聽著聽著就醒了，開始埋怨了，回頭發現，你不見了，突然我亂了。」

村上村樹的：「哪裡會有人喜歡孤獨，不過是不喜歡失望。」

余秋雨的：「你的過去我來不及參與，你的未來我奉陪到底。」

朱德庸的：「人生就像迷宮，我們用上半生找尋入口，用下半生找尋出口。」

每個人的歷練不同，人格特質也不同，對人生的體驗與領悟自然有所差異，每個人的人生階段不同，感受度也有差別，有矛盾也有轉換，價值觀的差異即如蘇軾的題西林壁：「橫看成嶺側成峰，遠近高低各不同，不識廬山真面目，只緣身在此山中。」一般的人生哲理，令人深思。

宋代禪宗大師青原行思提出參禪的三種境界：參禪之初，看山是山，看水是水；禪有悟時，看山不是山，看水不是水；禪中徹悟，看山仍然是山，看水仍然是水。」佛家是如此，我們人的一生何嘗不是這般，從小兒至老者，在匆匆人間紅塵中，也經歷著人生的三種境界，更何況我們尚未能超凡入聖呢！

我輩已邁入孔聖所謂的「從心所欲，不逾矩」之年，對人生的感受，即如洗三溫暖一般，嘗過所謂的酸甜苦辣了。多年前我曾自定未來的墓誌銘是「教育化風雨，文藝悟心靈」，也是我至今的座右銘。吃過蛋糕，我將一小片糕屑放在小圓桌上，讓小螞蟻們能呼朋引伴前來分享我今天的喜悅，當然今晚不打蟑螂，也不拍蚊蠅，萬物皆有靈性，就算是感念母難日，做一件小小功德，讓我內心得到一時的平靜與安慰。

筆於二〇二一年十一月一日　山城之夜

44 我的宗教緣

與妻因緣筆友認識，但我當年年輕，並無宗教觀念，她文情並茂，筆談一段時間，我感覺到她的善良。先經一位吳姓女老師介紹，我在馬祖離島服役，她在本島苗栗教書，青澀的戀情才開始萌芽，直到有一封信，她信中提到，希望我退伍後，能陪她一塊到佛光山參拜與禮佛，當時我心中一陣驚訝，之前交過女友有信天主的，信基督的，最終也因信仰問題而分開，這次遇到信佛的她，心中暗忖肯定不會有結果，更何況我不吃素呢！

但命運之神湊合我與她為夫妻，妻說以佛教的觀點，姻緣是前生註定，也許是「前世相欠，所以今生相見。」婚後方知她唸台師大時就參加中道社（佛教社團），並參加淨空師父之「大專青年佛學講座」，在大師的佛法薰習下，她自然很有慧根，我開始擔心這段婚姻能維持多久，因為我遊子心未泯滅，不喜受家庭牽絆，在婚後未久，尚不能謀合理念，雖無大吵，但常會因瑣事爭辯，她以罷煮來掣肘我，我終於被馴服了。尤其婚後多年，她更參加了慈濟、佛光山、法鼓山等活動，近些年更常至離家路程約二十分鐘的淨覺院佛寺聽經聞法與參加各種法會。基於信仰自由，我很民主地尊重她的信仰，更何況她的確變得更慈悲、更善良，我們一動一靜，也沒多的時間鬥嘴，好像變得比較有素養，也是鄰居口中的模範夫妻。

妻的四姊在淨覺院出家已逾四十載，姊妹很有佛緣，也緣於自小姊妹關係良好，常常電話不間斷，甚至於多年前也把我引進淨覺院當志工，定時去擦拭佛桌椅，開始心有不願，久之也開始充滿法喜，自然成習慣，有時因事未能前往當志工，心中還有點怪怪呢！的確，說妻改變了我，更該說佛法改變了我過去暴戾的脾氣與完美主義的性格，不是易得罪人，即便常被人得罪，想想只有懺悔，漸漸改變自己，開始轉變寫作方式，勸人為善，頗獲文友與讀者嘉勉肯定，讓我從過去不滿現狀的負能量，轉換為知足常樂的正能量，感恩！

與我亦師亦友的中研院院士曾永義教授，其散文小品「人間愉快」頗能契合我心，書中大意是說：「人生天地之間，無須追求我佛西方，也不必企慕耶穌天堂，但於有生之日，於社會人群之中，培養「擔荷、化解、包容、觀賞」四種能力，便能夠現世種福田，現世享福果，過著仰不愧於天，俯不怍於地，自由自在，舒舒服服的生活。」這或許是我們一般人的出世觀念，面對人生樂活當下的自然禪境吧！

家裡書齋櫥櫃除了擺滿我藝文書籍與一套套的唐詩宋詞外，其他盡是妻收藏的佛學書籍，整整齊齊地陳列著，我好文學，她喜佛學，還說文學包含在佛學中，並說佛教是佛陀教育，並非通常的宗教，的確是如此。星雲大師所謂的「有緣多聚聚，無緣隨風去。」證嚴上人的「青山無所爭，福田用心耕。」以及宋朝茶陵郁的「我有明珠一顆，久被塵勞關鎖；今朝塵盡光生，照破山河萬朵。」與無門慧開禪師的「春有百花秋有月，夏有涼風冬有雪，若無閒事掛心頭，便是人間好時節」等詩偈，的確，文學雖好，佛學更深，我與妻的思維應可更契合。

筆於二〇二一年十一月七日　山城之夜

45 環保與生態

我出生於民國三、四十年代，早期農村的許多習俗，看似當然卻極不衛生，如今科技發達文化提升，尤其環保意識抬頭，不得不把以前農村的陋習回顧一下，除了貧困的理由，文化知識也是重要的原因。

以前常聽聞「狗死隨水流、貓死吊樹頭。」早期我們上山砍柴，常會發現貓死吊樹頭，腐爛生蛆奇臭無比，有時到河裏挑水也會發現死狗漂流到水面、令人嘔吐，更何況當年沒自來水飲用，溪水有時上游之人洗尿桶，下游之家提水煮飯菜，可謂不衛生至極，說也奇怪，當年農村普遍如此，卻罕少有得病痛者，難道當年的人免疫力超強嗎？

隨著科學進步，透過皮膚接觸、呼吸、飲用等一次性接觸大量有毒農藥，會產生中毒反應、甚至致命，稱為急性中毒。平常我們消費者食用的蔬果中，若有低劑量殘量農藥，經年累月的囤積，也可能使健康蒙上陰影。

我經常到傳統市場買菜，但感覺市場或路邊攤所擺設的青菜水果，並無開具統一發票，中毒了無法追查，我開始選擇在全聯或家樂福等大賣場購買，雖嫌貴些應該較有衛生保障吧！

台灣十大癌症中，大腸癌多年排列第一，相信這跟我們食物脫離不了關係，一種是農藥，一種是塑化劑，這是令我們最擔心之事，希望政府要確實為我們百姓健康把關。

過去農村普遍使用農藥，舉凡稻米、蔬菜、水果，除了戕害人體健康外，農園中之鳥類、蛇、青蛙、蟲類與蜻蜓，蝴蝶也逐漸消失，對自然生態的迫害也相當嚴重，正當春暖花開的時節，變成了無聲的春天，令人感嘆。

慈濟證嚴上人經常在大愛電視台提及：「地水火風」四大不調，根本即是地球暖化問題，導致全球暖化的原因，專家分析是自二十世紀中期以來，大氣層中溫室氣體濃度及地球表面溫度不斷上升，溫室氣體主要來自石化能源的燃燒過程，例如燃燒煤、石油和天然氣來產生電力，驅動運輸工具和運行工業設備工程，而砍伐樹木會減少植物進行光合作用及吸收二氧化碳，間接增加大氣層中二氧化碳的濃度。全球減碳不夠力，於二〇二一年十一月一日開幕之聯合國氣候大會，所定訂的「巴黎協定」目標，可能仍無助於預防氣候變遷帶來的危險後果。

回顧全球天災人禍不斷，戰爭與疫情侵蝕著我們的心理與身體，每一個國家尤其是中、美大國領航者，要有更大的智慧來為國際全民福祉作出貢獻，無論政治、軍事、經濟與生態環保皆是如此！

筆于二〇二一年十一月十三日　山城之晨

46 回顧母愛

母親自民國一百年往生後，迄今正是十載，十年來母親的形影經常出現在我的夢中，時而似月朦朧，時而如水清晰，回顧母親一輩子茹苦含辛對子女的承擔，又豈是一個「苦」字了得。如今我五兄弟中，大哥、二哥已逾八十歲，三哥與我也是七十有餘，小弟也六十好幾，兄弟早已升級當祖父，但我心中所牽念與懺悔的是一輩子對母親的惦記與不捨。

過去農村時代，傳統觀念是多子多孫多福氣，父母生了我六兄弟一妹妹，三哥出生未久即夭折，妹妹十五歲因醫院誤診而枉死，帶給母親的哀痛是無法以言語來形容。我排行老五從小學到中學階段，我真真切切地見證了那個年代村夫農婦刻苦克難的日子，我也記錄了當年母親點點滴滴的眼淚，與對子女付出的心血，縱使我年輕的下一代或下下代無法置信，把「樹欲靜而風不止，子欲養而親不待」視為口號，一笑置之，但我仍會不憚其煩地說前輩的披荊斬棘與先民篳路藍縷的真實史事。

在我五兄弟當中，母親最不放心的是大哥與三哥，最依賴的是二哥與我，最疼愛的自然是老么。印象裡大哥從小及長命運最好，因為天性疏懶，父親重要工程家業也只好交給精明負責、耐勞的二哥擔待。民國七十年間大哥經常流浪在外數月未歸，母親念子心切，常要我協尋，而我當時在縣黨部上班，不忍看到母親一天天憔悴，於是騎著機車載母親到苗栗市西山有名的王爺廟問神卜卦，說也奇怪，神職人員並未接受我報名，而且廟裡問事者多，突然聽到占卜者大聲地喊：「要找兒子回家的到前面來。」我急忙地扶著母親到前面聽事，只聽那位神職人員說：「這張符拿回去門口燒，兩個星期內你兒子就會回來。」大哥那段時間將近半年未歸，對那神職人員所斷言，我仍半信半疑，果然兩個星期後，大哥就回家了。父母親知其流浪性格，回來就好，也不便再責備他，母親的心一定在淌血，但母愛竟然以原諒代替難以原諒的懲罰。

民國五十九年間我剛考上大學，三哥海軍陸戰隊退伍，不顧父母反對堅持到高雄遠洋漁船工作，往往一去數月才能回航，每次回航他就帶了不少各國錢幣給我作紀念。但母親對他這充滿危險性的航海工作，常寢食不安，多次要我寫信要他辭掉工作回家，隨父兄做土木工程事業，多次的親情催化後，他終於辭掉遠洋漁船工作，但他已在海上工作了兩年，也見識了許多太平洋國家的風土人情，甚至於會跟我講些在海上遇到幽靈船與王爺船的靈異故事，但也許他不知道母親每天對他提心吊膽的懸念呢！

說實在，父母對我一直較放心，我笨笨的只會讀書，假日幫忙農務，考前拿著書本到竹東頭前溪畔與芎林王爺坑內背書，趁閒追逐大自然中的鳥獸蟲魚，自得而悠遊，如今已年過七旬，夢中依然會聽到母親不停的叮嚀與呼喚，似乎仍停留在我的童年與青少年時期。

筆于二〇二一年十一月十八日　山城之雨夜

47 生涯規劃

猶記得在民國八十七年七月間應邀至苗栗中油公司紫園禮堂講演，由中油公司與苗栗縣衛生促進會合辦，並由中油副總經理邱華燈先生主持，題目是「銀髮族的生涯規劃」。記得當時會場座無虛席，地方電視台現場轉播，我穿著西裝打著領帶，五十分鐘的時間講到渾然忘我的境界，演講中也不時與底下聽眾互動，算是我多次演講中較成功滿意的一場吧！

只是當年我未及五十歲，向大部分面臨退休的中老年聽眾來演講這個主題，的確有戰戰兢兢與誠惶誠恐的感覺。雖然當年我有口若懸河、舌燦蓮花的一點點功力，但對著這群聽眾，面對他們渴望聽取即將退休的期待與徬徨，也給我這位講演者的一大考驗，畢竟規劃比不上變化，人生過程不可能一成不變，要如何在大環境中，以不變應萬變的心態面對，才是每個人要學習的課題。

我六十二歲自教育界退休十年來，內心一樣充滿矛盾與不定係數，只依自己的興趣訂定寫作為主要目標，然後是以帶領社團服務群眾為次要事務，當然其中過程也會發生一些變化，算是人生階段裡的奇遇，也是無法預知的機遇，例如寫作多年所獲取的一些附加值榮譽。

現實與理想總會有一些差距，現實的經濟條件雖不是很豐富，但我學習了要如何知足常樂，要如何提升精神文化層次的生活，在網路中有不少的養生與處世名言，值得我們來消化與選擇。在人生七十才開始體能走下坡，進出大小醫院的次數頻率也漸多，社區裡或親友團中，單親的，老病休的漸眾，不由得自己緊張與急速的調整規劃。雖然每個人希望長壽無災難，但經濟是否足夠讓你長壽百歲，且能快活似神仙呢！這在生涯規劃中是值得深思的問題。

佛教說：「人生無常、國土危脆。」是的，明天不一定會更好，但可確定一定會更老，還是要腳踏實地，一步一腳印過自己想過的生活，不要攀、不用比，不需要自己氣自己。每個人有自己的宿命，該你的跑不掉，不是你的勉強也要不到，人生萬物皆隨著大自然而運作，規劃大目標，調整小細節，格局放大些，視野放遠些，胸襟放寬些，不再事事比較、計較，我們的人生或許會活得更愉快更自然，共勉之。

筆于二〇二一年十一月十八日　山城木鐸山之夜

48 我見我聞

三十多年前，我搭乘苗栗客運至新竹，車上擠滿了人，我是最後兩位上車，靠在車門口，抵達新竹火車站前的終點站，我第二個下車，當第一位下車後，我正準備下車，一部機車突然從前迅速竄過，幸我停頓了一下，險被這冒失騎士衝撞，當我下車後第三位正準備下車的小姐，我看前面又一部機車直衝過來，眼看這位小姐將會被撞擊，我不顧危險迅間將那位小姐拉過來倒在我懷中，那部機車咻一聲從我們前面衝過，那位小姐開始以為我故意佔她便宜，隨即發現千鈞一髮是我救了她，便不斷地向我道謝，我只想我這動作不知是對或錯，如果不拉她一把，可能會是非死即傷的遺憾，想想即感覺救人的愉快了。

民國七十五年間，我因事搭乘公路局客運到台中干城站下車，沒走幾步，看到總站另一部客運上也擠滿了人，車上人擠人，年輕人極易衝動，看到一位魁梧身材的壯漢，對著一位座位上的斯文男士咆哮，似乎在爭執座位什麼的，戴眼鏡的男士像在解釋他先坐到位置，並沒有需要讓位給他的必要，這位魁梧壯漢仗著自己高壯，不斷用髒話飆罵這位斯文男士，男士僅很有風度地微笑著，這時旁邊有兩位男大學生看不下去，出面評理，壯漢因臉掛不住，轉而粗話對向兩位，豈料把男大學生惹火，他們一致對他暴罵，壯漢自知理虧不再說話，這部客運緩緩地駛離我的視線，只不知他們下車後有否後續動作了。

民國七十六年我奉派至苗栗縣通霄鎮民眾服務分社當主管，某日地方餐廳老闆慶生宴客十餘桌，主人特別邀請我，我帶著一位專員同往，同桌的賀客我都認識，當菜出到一半時，公所的一位蕭姓工友，不顧旁人眼光開始打包菜餚，甚至於大家尚未開動的雞鴨魚肉也不停地裝入塑膠袋，旁人不斷指責，我看他一副可憐相，或許家貧難得有一餐美食讓家人飽足，我悄悄地離席與主人小聲商量，然後我回到座位，安撫其他賀客，並請大家幫他打包七、八道菜，然後請專員開我車載這位先生與幾包美食回家去。我請這桌賀客一起移至旁邊未開的桌席，也感恩主人同意我做出這般決定，也不傷到那位蕭先生的自尊呢！

民國七十八年我從黨部退職後，先後在四所私立高中職服務，先是在苗栗縣私立育民工家擔任校長秘書兼公關主任，當年尚未取得教育學分，只以試用教師任職。柯校長與我有親戚關係，極力邀我回來協助他，該校規定老師要到台師大或彰化師大、政大修教育學分，在校需按職別與年資排序，我算一級主管，兩年後就可排到。某日一位許姓女老師到我辦公室懇求我先讓她去進修，我了解私校教師修得教育學分，即會轉考公立學校，既有保障也不會那麼辛苦，我二話不說讓她先進修，後來她也順利進入國中。

三年後我到台北市私立開平高中擔任夏校長秘書兼主任。夏校長辦學認真、創意教學贏得佳評。開始時他受推擔任台北市教育會理事長，並獲澳洲雪梨麥寬利大學教育博士候選人，既有能力更有衝勁，當然我們學校主任、老師們在他領導下備極辛苦，我除了教課尚需負責校刊指導，兼任校友會總幹事及陪同校長處理校內外重要事務。兩年後我修畢台師大教育學分，考慮妻小在苗栗無依，我乃堅辭回苗，在黃錦榜校長協助下至建台高中擔任專任教師，直至六十二歲退休，開始自己第三個生涯規劃。

筆于二〇二一年十一月二十日　山城之夜

49 手機與視力

自從有了智慧型手機後，人際關係丕變，網路似乎改變了人類的生活，宅男宅女變多了，網紅似乎主宰了大部分年輕人的興趣，虛擬的世界讓現實的情境也明顯脫節了。尤其在疫情嚴峻期間，機關上班與學校上課完全變了方式，視訊開會與網路教學，從需要變成必要，應變的快速是我們一般人所始料未及的。

過去手機、電話佔據了我們不少時間，現在男女老少、各行各業的聯絡也開始從有聲變無聲的互動，每天「賴來賴去」、文字也重新回到一種不可或缺的溝通方式。中國的微信也好，台灣的訊息也罷，每日的問安圖案多得讓人感覺枯燥乏味，轉傳的消息真真假假、難以辨識、人云亦云，也會讓人感到困擾不已。

一般加入群組的多是有同質性的，例如親族、人民團體、文友、球友或校友等等，但如涉及政治意識型態問題時，可能難以理性甚至傷了感情，所以在群組裡多數人是已讀不回，或理念不同自動退出群組。數月前我成立了「龍影群組」，邀集了黨政軍公教退休好友，近五十人加入，除了固定幾位會每日轉傳正向訊息，其他是問安問好的圖案居多，因為皆是我友人，我除了一一介紹加入我群組的網友，並每日轉傳自己感覺不錯的活動與訊息，群組裡的好朋友也能提供許多高品質、正能量的訊息給大家分享，讓我感到特別興奮與獲益良多。

網友漸多，看手機的頻率自然增多，有時不知不覺廢寢忘食，妻常叮嚀手機藍光會傷害眼睛，的確自己左眼去年先後動了黃斑部病變與白內障手術，更加影響視覺，醫師也給我善意的警告，但多年來的寫作，晝夜顛倒的日子，似乎也一時難以自動回歸正常生活呢！不可否認地手機的維基百科方便給我們提供重要知識，也是很好的一部工具書。居住台北的小孫子女也因經常接觸電視、電腦、動畫，視力也開始矯正，眼睛是靈魂之窗，是該及早防止過度使用電視、電腦、方能避免不必要的遺憾。

筆于二〇二一年十一月二十八日　山城之夜

50 血濃於水

值此歲末冬寒之際，更激發我們血濃於水的牽念，思我官家先祖遷台，篳路藍縷、胼手胝足，以啟山林，並散居台灣各城鄉，隨著社會的急遽變遷與老中青價值觀差異，國族、宗族與家族距離愈感疏離。為尋訪官家的源流，發揚先祖的榮光，三年半前我們十八人於台北市臨沂街振忠宗長之普立邦法律事務所成立台灣官姓宗親顧問團聯誼籌備會，企盼能凝聚各地各界官姓菁英之影響力。

三年半來，在極少之人力及財力資源下，我們仍似寒冬的梅樹挺立下去。雖然我們顧問以聯誼為目的，本會仍推動一些工作，茲臚列如下：

兩度參訪嘉義縣市官姓宗親，在建安宗長安排下，凝聚南北宗親的情感。

在首席副會長有文宗長安排下，參訪中國大陸原鄉祭祖，並由特別顧問有沐宗長於族譜座談會中，說明原委，並核對各地官氏族譜。

在佳岫顧問協助下，本會組團至馬來西亞 東西馬地區 官氏宗親會參訪，並安排多場座談會，受益良多。

去年十二月在本會有沐宗長彙整，有文宗長、有河宗長、有波宗長、政鈞宗長鼎力協助下，完成台灣首部精美厚實之官氏族譜。

台灣官姓宗親顧問團第三屆第一次聯誼會全體顧問合影(111年8月6日新竹芎林竹林園)。

本會先後於苗栗縣、嘉義縣市成立台灣官姓宗親顧問團會館分館。

今年五月九日本會協助新竹縣官姓宗親會改選重組，並順利推選本會顧問有河宗長順利榮任理事長，並於十月三十一日該會首度理監事暨顧問聯誼會中，推出官能正宗長為總幹事，兩位宗長皆極優秀，開始有計畫地推動工作。

透過龍影文訊，表彰台灣官家傑出優秀青年，並期能透過新竹縣官姓宗親會系統，獎掖後進或救助急難。

新冠疫情期間，本會不便聚會聯誼，仍定期以書面向各宗長表示關切，今年中秋，本會為表「中秋月圓人團圓，官姓宗親人更親」，特致贈各顧問及官家莊八十歲以上宗長一箱文旦致意。三年半來，感謝有文首席副會長、大智副會長及威政副會長之協助，使本會工作得以勉力推動。

寫於二〇二一年十二月一日　山城之夜

六 芳草年年篇

風起的時候

故城寫著歷史
文字餵養時間的版圖
詩寫從前，溝壑行行
莫言，君心不淚流

枝椏哆嗦，起風了
北地捎來第一道初冷
被戲弄的琴弦，千頭萬緒
昔日的壯士
揚鞭絕塵，策馬而去

還說宿命嗎？
如果我是古時的歌姬
那誰？是今生的王

～陳姵綾

51 通霄半日遊

前些日突然想拜訪曾在夢中遇到二十多年未見之前通霄鎮 通霄國小 溫校長，於是我聯絡了黃金兄，請他安排時間一同到通霄一遊。黃金兄於民國七十六年曾與我在通霄鎮 民眾服務分社同事。他為人海派、公關良好，曾是我得力助手。他安排了十二月九日，行程中拜訪對象是西湖鄉 海源文旦農場、溫水木校長府，然後是我失聯多年的茂男、燕南兄弟，黃金兄準時到寒舍接我夫妻及明仁兄，一行四人於當日上午九點起程。

首站先抵達西湖鄉 海源文旦農場，拜訪主人陳漢木先生，相談甚歡，黃金兄向他購了二隻放山土雞（送我一隻），另外主人送我三人各一箱蜜柚，汁多而甜，非常感恩。今年中秋節我透過黃金兄向其購買三十餘箱文旦，寄贈我官姓宗親顧問團顧問，同時簽贈拙作彤霞鴻飛一本，然後辭別。轉至第二站住通霄鎮梅南里的溫校長府，溫校長年雖八十有三，然精神矍鑠一眼就認出我們，他在通霄鎮當過我們地區黨部常委，忠貞黨國，曾助我良多，非常感恩。記憶中他以前人高馬大，是非常海派熱心的學校主管，今日相見與前些日夢中所見的，有點消瘦相差不遠，與他夫妻寒暄後，因要趕往下個行程，我約定下次再拜訪，無法接受他誠意留下餐敘。

第三站則是通霄鎮城中國小附近山區經營雞場的茂男、燕南兄弟，因地處偏遠，有勞茂男兄於城中國小旁碰面，再引導我們同往山區住處。茂男兄過去與我在苗栗縣黨部三組共事，因家務關係離開黨部，經營小生意，後來我也在黨部退職轉換教育跑道。由於機緣找他一同到台北市開平高中（現改制為開平餐飲學校）服務，我擔任夏校長秘書兼公關主任，他則擔任總務主任，他一年後因理念不同辭職離校回鄉，也開始因緣接觸寺廟神佛。十年多前因一場嚴重車禍，康復後身形卻顯憔悴，右手有些障礙，從此與他弟燕南共同生活，經營養雞場銷售有機雞蛋至雙北市。與他兩兄弟暢敘一番後，不便多打擾，於是我們匆匆告辭。

這次特別帶妻同往鄉野訪友，感覺出她比過去更健康、更開朗，令我很欣慰，人生如夢、歲月如流，所訪之友皆十幾二十年未見，彼此皆邁進老年，尤其我夫妻已開始記憶減退，忘東忘西，雖未失智但也有點失憶，每次出門總要不斷地互相提醒叮嚀，同齡的親友也有類似現象。醫生說是正常老化現象，也因為「夕陽無限好、只是近黃昏」，我依然要在凡塵中邁進，也要勇敢面對邁入老年的心態，畢竟有老年絢麗的光景，不會也不能讓自己的腳步停止，共勉之。

筆于二〇二一年十二月十日　山城之夜

52 冬寒之思

已入寒冬，寒夜的冷風凜凜，山林的樹葉即似蘇東坡的「定風波」，我自得其樂地享受孤獨，我孤芳自賞地掃視榮耀，誰說任何人可以不為名，也可以不為利。在我的思緒與價值觀中，名利是一種前進的動力，那是年輕的理想，如今邁入耆宿之年，境界如禪，名利則可謂「功名如奔舟競伐」、「利祿如過眼雲煙」，在遲暮之年，只能追求健康、長壽與平安愉悅吧！但對我而言有點酸葡萄滋味，無法再如年輕時的精力與衝勁，怎麼求名又求利。

回顧一生，的確嘗盡年輕時的困乏、中年的挫折，我試著吃苦當吃補，進入中老年後，方感受苦盡甘來，人際關係類似國際關係、冷酷而現實，當然大環境與大時代中也有如慈濟大愛，比起烽火連天的難民與天災不斷的災胞，我們這一代是再幸福不過了。在過去曾經自怨自艾後，我學習到知足常樂，雖然處事未達無怨無悔之境界，但做人方面力求不忮不求的地步，這是我個人風格也是我人格特質吧！

在這寒冷的季節，忙著出刊最後一期的「龍影文訊」，忙著籌辦台灣官姓宗親顧問團年終聯誼會，一切都得自己親力而為，在沒有人力與財力的條件下，仍希望圓滿執行。我常自忖或是自蠢，沒人在乎你的努力，更沒人在乎你的使命與理想，但當成果出現時，我都會油然興起一種令人興奮的成就感。

回首退休多年來，總是大半年時間蟄居山區，蒔花藝草，飼養觀賞雞、觀賞魚及整天呱叫不止的兩隻鸚鵡，讓過去經營十二載的靜園回到我夫妻的心田裡，重新在筆下耕耘，呼喚大自然的風雨之聲與鳥語花香，在我的心靈中滋長分享。

生存在台海局勢劍拔弩張的時代，面對國內政情不穩不智也不安的生活，我突然羨慕魏末晉初的「竹林七賢」，他們七人在生活上不拘禮法，不羨慕高官厚祿，思想上倡導自然與推崇養生。我從過去職務的憂國憂民至退休後的寧靜致遠，心態的轉變落差是如此之大，或許是年齡在告訴我，該是看開與放下的時候了。

筆于二〇二一年十二月十二日　山城之夜

53 珍惜生命

這天臨時去拜訪年已八十有三的老友，想想已逾兩年未見，也因為疫情嚴峻，不便登門拜訪，唯想對方家人有所忌諱，如今疫情稍解，相信老友應不致於太在意才是。門鈴按了許久終於開門，是他夫人開的門，見她有些愁容就在門口聊聊，方知老友這兩年罹患阿茲海默症、肌少症及妄想症與失憶症，甚至於脊椎也動了手術，可謂全身是病、鎮日躺床。他夫人告訴我他的病有些無健保給付，請了特別看護一個月連生活費花費八萬元，負擔可不小，是那位政客昧著良心說愈老花費愈少啊！

網路上天天在叮嚀老人家要看開放下，但一定要顧好老身與老本，我夫妻年紀方過七十，子女各有所歸，遠在南北方，一有狀況夫妻只有互相照拂，家裡的藥品數不勝數，每日夫妻都得服十幾顆西藥與保養的中藥或健康食品，過期了就只好當垃圾處理，所花費的錢不在話下。最近與妻研究多走向自然，透過友人建議的自然療法，非不得已減少進醫院、診所，並設法不受網路及電台廣告的秘方藥品誘惑。一位友人因脊椎及腎臟有些不適，透過網路一次次購買了保健或醫療藥品，高達十萬元，仍無法治癒，我建議他有病找良醫有健保，網路詐騙消息不少，我們當謹慎為妙。

人到一定年紀自然會記憶性減退，器官老化，免疫力降低，體質不同、遺傳基因也有影響，有人九十餘歲，甚至百歲依然身強體健、耳聰目明，有人未及六十病態十足，所謂的：「棺材是裝死人，不是裝老人。」即是此理吧！

多年前我在地方民眾服務分社工作，常要扮演魯仲連的角色，有機會時陪當事人到醫院探視病友，自然會減少紛爭的意念，大部分的人對重病與死亡仍會恐懼，宗教信仰這時也能發揮穩定情緒的功能，教友的鼓勵及心理治療師也能在必要時扮演極重要的角色。人生的道路有長短，終點卻是一樣，當發現自己至親好友一個個離你而去時，是否該更珍惜自己，守護家人、守護愛。

筆于二〇二一年十二月十五日　山城之夜

54 公投後的反思

十二月十八日的四大公投案，在天氣微寒，投票率偏低的情況下產生，同時也已全數否決的結果落幕，結果顯示全台二十二縣市中，「四案全同意」的縣市有十二個，「四案全不同意」的縣市有八個，新北市三個同意，一個不同意，台中市一個同意，三個不同意，依然是南綠北藍的對決，根據中選會計票結果顯示，在全台二十二縣市中，四案全同意的縣市，還多於四案都不同意的縣市。「四案全同意」的縣市為台北市、桃園市、基隆市、新竹市、新竹縣、苗栗縣、南投縣、花蓮縣、台東縣、澎湖縣、金門縣、連江縣等十二縣市。

公投過後勝負已定，自然有許多專家學者有所評論，除了尊重公投結果，我個人不便置喙，但我身為台灣官姓宗親顧問團聯誼會會長，願提供兩位皆非黨員，而且以他們的立場來評論這次公投的結果與意義。一位是我堂弟有棟，長期旅居美國的企業家，一位是我堂姪大智，前國立中山大學應用數學系主任，前者是我台灣官姓宗親顧問團聯誼會「特別顧問」，後者是我顧問團聯誼會「副會長」，聽聽他們的看法。

有棟：台灣選民這次終於做對了選擇，否則會很慘、會被全世界拋棄，連後悔的機會都沒有，我們吃了幾十年萊豬、瘋牛肉都沒事，中國境內老百姓連萊豬肉、瘋牛肉都吃不上，只有高幹才有機會吃，至於其他就不便多說了。台灣很快就會轉變成富裕的天堂，企業投資及訂單很快就會上門，拭目以待，感恩上天賜予寶島的選民智慧。

大智：這表示若改成美國選總統那樣，各州獨立計算贏者全拿（有少數州是依得票比例分配），結果很可能會不一樣，在公投這件事我不是想主張什麼，主要是想表達社會選擇這件事，很難有大家都認可的方式決定結果。一九五一年美國獲得諾貝爾獎的學者阿羅（Kenneth Arrow 1921-2017）證明了「社會選擇不可能定理」，這個定理證明了不存在這樣的演算法。

有棟：這次公投大家都很緊張，就擔心自己手中的王牌硬生生的被抽走，明年美國期中選舉參議員（立法機構）及眾議員（國會）和台灣的縣市長選舉，都關係到二〇二四的正副總統選舉，對未來的局勢與前途，不僅關係到民生日常，更是國家存亡生死的抉擇。

以上是旅居美國企業家有棟及公費留美 印地安納州之普渡大學計算機科學博士大智的專業評論。我個人想，台灣的選舉制度是需要檢討，相對多數會產生多數人不服的心態。美國總統的假投票，絕對多數選舉制度，或可引用參考。目前台灣處於長期的藍綠政黨對峙，已撕裂了國家團結的意志與進步的動力，執政黨應該要有大智慧與大氣度來處理國內的政事，以安定民心及折衝樽俎的外交能力，快速與國際接軌。

筆于二〇二一年十二月二十日　山城之夜

55　宗親歡聚時

那一天，十二月二十五日上午，在故鄉竹林園餐廳二樓，我主持了台灣官姓宗親顧問團顧問暨宗親年終聯誼會，各地來的宗長有三十多人，按輩分有「德、有、大、振、聲」，可謂五代同堂。按年紀最長九十歲，最小五歲，可說是老幼咸宜，會議開始，請富經驗的政鈞顧問臨時擔任司儀，一切依程序進行，我請大智、威政兩副會長坐在我兩側，大智是大學教授，是我小學同學，威政是前科技學院主秘，是我初中同學。按輩分說，我是「有」，大智是「大」，威政是「振」字輩。按出生，我「三十九」年次，大智「四十」年次，威政「四十一」年次，這次的聯誼，是家族性，充滿了溫馨與倫理秩序。

會議開始，我是會長兼總幹事，妻則是財務，依序作了工作與財務報告，我致詞後，首先表揚遠從台東回來的佳岫顧問，請特別顧問有沐宗長頒贈獎勵狀與獎金三仟元，再由我、副會長及德字輩宗長鎮豐顧問頒授有棟（瑞嬌代）、能正、瑞嬌、子紾及瑞蘭五位宗長為新進顧問，成為我們顧問團堅強的新力軍，期許對本會未來的會務工作有很實在的執行力。

會場中有兩對親兄弟，分別是有河、有波與大智、大諒及兩對堂兄弟，分別是政鈞、能正與大國、大暐，彼此手足兄弟感情融洽。我致詞時特別引用北宋 蘇軾的〈絕命詩〉，敘述蘇軾比弟弟蘇轍大三歲，兄弟從小並肩攜手，長大後更是患難與共，蘇轍說哥哥「扶我則兄，誨我則師」，蘇軾認為弟弟「豈是吾兄弟，更是賢友生」，要知道，

多年前，新竹縣官姓宗親會安排馬祖之旅，龍影(右)與大嫂(右三)、二嫂(右二)及有山弟伉儷(左一、二)同往並合影。

從古至今，兄弟反目，手足相殘的反面教材比比皆是，曹丕、曹植兄弟的例子不用提。就以宋代來說，兄弟同朝為官者甚多，但像蘇氏兄弟歷經患難，而始終兄弟齊心的卻很少，蘇軾寄給弟弟子由詩，就超過百首，大家最常聽過的那首〈水調歌頭〉最末二句「但願人長久，千里共嬋娟」即是。

聯誼會獨缺首席副會長有文宗長，有文宗長長年於中國 廣東 惠州擔任益伸集團董事長，只因新冠疫情嚴峻，無法回台參與盛會，但也請其千金國華姪女代其父前來參與這如同一家人之大團圓。在程序上，我一一介紹了全體顧問與宗親，並請二位副會長溫馨叮嚀，隨即全體大合照後，下樓至「一心廳」餐敘，在餐宴中，並邀請新竹縣官姓宗親會新任理事長有河宗長分享經驗，餐宴中大家溫馨熱絡地交談，新任顧問子綵活潑多藝，本身是客語教師，也是街頭藝人，一曲老山歌，帶動了滿滿的喜氣，半年一次的集會，大家期待下次再歡聚了。

筆於二〇二一年十二月二十八日 山城寒夜

56 虎年有感

今年是虎年，我肖虎。

邁入新的一年，送走舊的一年，感覺流年似溜滑梯一般快速。這兩日把整櫥櫃的生活舊照，重新整理一番，也把過去數十年的家庭生活、職場狀況、旅遊地點、小孩成長情形一一回顧，像是走入時光隧道，在編織著一齣齣光陰的故事，有黑白、更有彩色，也有苦樂，在現實生活中，一階段一階段地記錄刻畫著自己的一生。

年輕時喜歡做夢、逐夢與築夢，追尋青春，年紀稍長，喜歡接近耆老前輩，在耆老前才能證實自己依然年輕。年輕時嚮往水滸傳的一〇八條好漢，大塊吃肉、大碗喝酒，現在步入中老年，走入醫院，有些醫生囑咐這不能吃、那不能喝。趁妻到寺院參加法會，自己到街市小吃店獨享美食，有些醫生也看出我的貪食，有著「佛祖心中留，酒肉穿腸過」，及「無竹令人俗，無肉令人瘦」的謬論，偶而也大發慈悲說：「想吃甚麼，就吃甚麼。」退休十來年，年過七十有餘，能吃能睡即是福，雖然我是不太聽話的中老年人，但畢竟還未至遲暮之年，西天的彩霞依然絢麗，黃昏的景觀依然迷人呢！

近一年來，透過手機的訊息與親友、群組成員互相「賴」來「賴」去，是增加了不少知識，也建立了很好的情感。尤其與旅美企業家有棟堂弟與交大教授大智堂姪，在百多位「官家莊」群組中回顧當年精彩處，我也將之列入龍影文訊季刊給讀者分享，所謂「獨樂樂不如眾樂樂」也。在網路中好像看到這麼一段話：「人老，朋友愈少愈好！」雖然此言見仁見智，我倒是有此同感，人生路上只要有幾位至親與知心同行就不寂寞。過去楚留香一首「千山我獨行，不必相送。」多麼豪情啊！君不見今人辦婚喪喜慶，動輒浩大鋪張，也有人隆重簡單，古今多少仁人義士多有三國演義之「滾滾長江東逝水，浪花淘盡英雄，是非成敗轉頭空，青山依舊在，幾度夕陽紅，……」之胸襟及蘇軾的念奴嬌．赤壁懷古：「大江東去浪濤盡，千古風流人物，……，人生如夢，一尊還酹江月」的感慨了。

有人說：「人生如夢，夢如人生。」「人生如戲，戲如人生」我才疏識淺，無法解讀生死，看了家裡珍藏的許多照片與一些錄影帶，在時光的流逝下，得知不少的至親好友離我而去，我一樣感到哀戚、恐懼與徬徨，無法虛張膽量，不能故作矜持，明知是大自然的法則，是生死的輪迴，找個理由，說個夢話，天堂也好，西方也罷，也可編個故事，是旅遊別的國度異鄉，或重新化作他物，即如莊子集釋卷一下內篇〈齊物論〉，莊子認為生與死、禍與福、物與影、夢與覺等，皆是自然變化的現象，聖人任其自然，隨之變化，莊周夢蝶即是如此。我雖未能超凡入聖，想像也是一種美麗的憧憬呢！

筆於二〇二二年元月十日　山城之夜

57 對國民黨的諍諫

從台中二選區立委補選、台北某立委罷免投票及不久前之六大公投案等，國民黨自朱主席當選後，接連的挫敗，引起黨內的爭議與撻伐，有人全歸罪朱也不盡公平，從李登輝出賣國民黨後，國民黨的鞏固力即急速下滑，再加上國民黨高層內鬥不斷，終於給對方有可趁之機，每次的敗選檢討，似乎只能檢討別人，攻訐自己人，如此百年大黨，在內憂外患中，光靠口號，又如何能面對難纏的民進黨呢？多少次的失敗，多少次的浴火鳳凰，雖有許多忠貞之士，在選戰中親征或動員均是叫好不叫座，到底問題出自哪裡，國民黨中央現在才開始徵求諸葛亮，如果領導人無大謀略與智慧，即使再多的軍師也扶不起阿斗呢！

國民黨自有其輝煌的歷史背景與成就，為因應大時代變遷，其屬性是從革命政黨進而發展成革命民主政黨而民主政黨，國家發展從軍政、訓政而憲政時期，如今不再一黨獨大，慢慢形成兩黨或多黨政治，國民黨自然面臨極大挑戰。個人服務基層黨工十餘載，也就是從戒嚴到解嚴這段時期，我們不能唱衰自己，對未來的前景依然看好，對手雖無所不用其極，國民黨上中下層愛黨人士要「心痛不如行動」，還是大有機會贏得大選拿回政權的。

國民黨一直堅持傳統的選戰，是落伍的，對手如動用公款支援，我們已無黨產資源，可尋找外援吧！選舉可不買票，但一定要花錢。國民黨中規中矩的為民服務，爭取民心，但選舉時為何得不到應有的反饋，值得專家去探討。記得早期我們擔任基層黨工時，那種「犧牲享受，享受犧牲」之革命精神及「組織即家庭，同志如手足」的革命情感，至今令人難忘，尤其當年台灣省黨部宋時選主委的提示：「與民眾在一起，不要走在前面，也不要躲在後面，要像鹽融入水中，不能像油浮在水面」多有哲理的話語，意思不要出鋒頭，平平實實地為民服務，以爭取民心。但多年後，時代在變，人心也變，選舉時許多選民「聽騙不聽勸」，有人說黨是選舉的機器，但是要如何操作獲勝，那又是見仁見智了。

對手能翻身達成政黨輪替，我們不便在此置喙，他們選戰前的布局，高層內部一樣爭鬥不休，但一經決定，各系歸於一統，團結應戰，勝選後論功行賞，利益均霑。國民黨人才濟濟，卻沉痾難除，我們這一代從二十餘歲開始為黨拼搏，如今已邁入七十之齡，也難以因應大環境變革。國父孫中山先生的「革命尚未成功，同志仍須努力」，國民黨高層應即刻摒棄成見、見賢思齊、廣納眾議，從幾次的中央與地方選舉，顯示藍天綠地輪轉及北藍南綠基本盤鞏固，實不應妄自菲薄，有計劃培養黨內精英新秀，尤其企盼黨內從政業同志要同心同德，不能只靠少數黨工奔波扛責，相信下次大小選戰，必定會藍天再現啦！

筆於二〇二二年一月十四日　山城之夜

58 參訪宗親之行

元月十六日上午八時，偕同顧問政鈞宗長驅車同往探視苗栗縣卓蘭鎮內灣里一位貧困同宗婦女，我以顧問團聯誼會會長名義，致贈參仟元慰問金及一袋慈濟營養粉、一個招財燈，在該里詹潤來里長陪伴下前往該戶，得知同宗的官宇淳女士，多年前從印尼過來，現年七十八歲的她，家中有一女兒及外孫、外孫女，兩人尚幼，靠一分公地種植葡萄，難以度日，經人反映後，我即刻前往探視濟助。早期自己擔任過苗栗縣三鄉鎮民眾服務分社主任，那股熱忱與經驗尚在，更何況是同宗，離開前我給詹里長台中 慈濟之電話，拜託他聯絡相關人員，說明此戶情況並能來親訪關懷，期望能列入關懷名單定期濟助。

在卓蘭鎮待了一個小時，陪政鈞宗長訪友不遇，我們即上高速公路繼續南下南投市拜訪顧問鎮豐宗長伉儷，之前鎮豐邀約多次，苦無機會安排，趁至卓蘭訪視貧困宗親，乃與政鈞宗長商量，順道南下拜訪，約十二點多抵達南投鎮豐宗長公館，中午在他公館吃火鍋，盡心而談。其房舍內外整潔，更有鎮豐宗長美麗畫作與盆栽點綴，可謂異常雅致，他服務統一企業有限公司三十餘年退休。夫人仍在職台灣銀行，兩人生活堪稱不差，除了台中市自有房舍，三年前有能力再購此華宅，另霧峰老屋尚有農舍園地，可謂退休無憂無慮，令人羨慕呢！

午餐後稍歇，兩點十分鎮豐宗長另安排二十分鐘車程至「官勝彬藝雕館」參觀，兩車抵達該館後，主人尚未歸來，由高小姐負責接待我們，高小姐原從事園藝，這些年轉型擔任官勝彬宗長藝雕館經理，人健談、幽默、很得人緣。未久，館主官勝彬宗長回來，因是同宗，由鎮豐宗長引薦。現年四十八歲的他，經驗、技術湛精，有龍的傳人官大師美譽，親自引導我們參觀其工廠與展覽館，全是高檔銅雕與木雕品，栩栩如生，而且幾乎全以「龍」為主題。筆名龍影的我，在此特別有感呢！該館園區佔地一千六百多坪，位居龍穴，居高臨下，視野開闊，南投市景盡收眼底。三年前遷移至此，種植不少落羽合前像雕石我自人主及雕木、雕銅於並，時小多個兩近觀參留停，舌結目瞠人令，幣台萬千近值價，此至運空本日從，柏珍型巨棵一有前館，柏珍與松

影後，我們即辭行，上高速公路返回苗栗。

台灣官姓人口約兩萬餘人，分散至全省各地，較集中處，應是新竹與嘉義地區，但合法成立宗親會的僅新竹縣官姓宗親會，於民國七十年申請立案，至今超過四十年，也因為社會變遷關係，功能沒能充分發揮，這也是各姓宗親會同樣發展的瓶頸，有待突破。三年多前我等組成了台灣官姓宗親顧問團聯誼會，延攬全國各地官姓熱忱精英近三十人組成，除定期聚會聯誼增進情感外，也發揮了協助宗親會的功能，如此次之濟貧與參訪即是。

筆于二〇二二年一月二十日　山城之夜

59 公教領航者

一位能跨教育界與學術界菁英已不簡單，又能成為公務與藝文間之領航者，更屬不易，他的學經歷固然是他成功的因素，但他術德兼備，學養俱佳，忠於國家，夫唱婦隨，貢獻教育一生，夫妻口才一流，人緣絕佳，像是我們的好長官、好同事、好朋友、好鄰居。他退休後，更顯忙碌，有明確的使命感，有慈悲的菩薩心，勤做志工，積功累德，他是我下本書龍影見聞錄發表會主持人，也是我最優秀的摯友之一——黃新發博士。

黃新發博士，民國三十九年次，台灣苗栗人，是我民國七十年時舊識，為人謙沖自牧，口才練達，人員極佳，他學經歷正如千里之行，始於足下，一步一腳印，而且步步高陞。出生於苗栗縣銅鑼鄉朝陽村芎蕉灣下灣，畢業於銅鑼國校↓文林初中↓省立台中師專↓逢甲大學↓彰師大特研所（碩士學分班）→國立暨大教研所碩士→美國蒙大拿大學暑期進修→國立暨南大學教育政策與行政系博士。

黃博士除了在苗栗縣西湖國小任教十一年，國立大葉大學專任助理教授三年外，並於省立高中職、私立嶺東商專、國立新竹師院、國立聯合大學、國立彰化師大、私立中台科大、國立大葉大學等兼任教師、講師、助理教授等職。

其教育行政經歷非常完整，從民國七十一年起至民國八十三年，先後擔任苗栗縣教育局督察、課長、主任督學、局長。從民國八十三年起至民國八十八年，先後擔任台灣省政府教育廳督察兼福利會總幹事，台灣書店總經理、科長，專門委員等職。民國八十八年起至民國一〇三年擔任教育部中部辦公室專門委員、中等學校教師研習會主任、中部辦公室副主任、國民及學前教育署副署長等要職。

在擔任顧問與諮商方面，犖犖大者如：民國八十七年起迄今，先後擔任彰化師大校長、聯合大學校長、暨南大學校長、苗栗縣中小學校長之遴選委員及彰化師大校友總會理事長、名譽理事長、暨南大學校友總會創會理事長、彰化師大苗栗校友會創會理事長、台中教育大學苗栗校友會創會理事長。自民國一〇三年迄今，擔任苗栗縣政諮詢委員、苗栗市政顧問及苗栗縣退休公教人員協會理事長等榮譽職。

黃博士服務教育與行政公部門共達四十二年八個月，其夫人江寶琴女士擔任校長逾二十載，服務教職共四十二年。黃博士賢伉儷終身服務教育，無怨無悔；不忮不求，事親至孝，晨昏定省，令人敬仰，特此臚列介紹，以之為民表率也。

筆於二〇二二年一月二十四日　苗栗山城之夜

60 私校師難為

我個人從民國七十八年離開十二年的黨職後，因緣轉到教育界服務，先後在四所私立高中職校服務，也非常感恩這四所私校校長能讓我的興趣與專長充分發揮。在二十三年的教育生涯中，深感私校難為，而私校教師更是難為，君不見這幾年，許多私校因招生不足，經營不善而遭教育部強迫合併或解散。記得民國八十二年間在華視「新聞廣場」，由石齊平博士主持的電視座談，主題是高中、高職比例問題，由台北市教育局單弘副局長與台師大教育系李春芳教授代表。私校則由私立開平高中夏校長代表，接著由私立育達商職與開平高中兩校師生代表發言，我個人也以私校的困境向台上幾位教育官員提出嚴重質疑，並呼籲政府重視私校未來生存發展的契機。

全國私校近四百位校長聯誼座談會於民國八十一年底在台北市三軍軍官俱樂部召開，由私立開平高中主辦，我個人承辦兼司儀，並由夏校長主持，探討中心主題則為有關私校發展與爭取教育部補助資源事宜，其中對老師的考績與福利及尊重也列入討論事項，如今我個人也退休十載，年已逾七十有餘，單就對老師是否被尊重部分，提出個人經驗與看法。

私立學校是財團法人，有些私校如同家族性企業，有些則是董事會，位高權重，這兩種型態之私校，我皆服務過，或許因為學校看重我一些公關與文宣專長而以試用教師資格讓我進入該校，後來補修教育學分成了正式老師。首先於民國七十九在新竹縣新力工家（現為東泰高中）服務一年，除了日夜校任課，主要還是招生工作，到各國中宣導建教班學生，當年所招學生素質不高，學校有學生最重要，老師上課之教室管理異常辛苦不在話下，至今與該校的前吳兆乾校長敘當年時，吳校長也強調學校老師應以教學為主的。

一年後，我被苗栗縣私立育民工家柯亮太校長召回，擔任秘書與公關主任，除了正常任教基本時數外，協助校長處理他公私要務，也擔任學校招委會副總幹事，每暑假前帶著一批批老師至各國中宣導，老師們要上課又得招生，極為辛苦，每當全校校務會議，我都會站在老師立場幫老師們講話說情。三年後，因個人因素請辭，感恩當時苗栗籍在台北市私立協和工商的吳添洪校長，引薦我給台北市私立開平高中夏惠汶校長，經懇談後，即擔任夏校長秘書與主任，除了擔任三民主義與國文課程，還得陪夏校長做公關訪問及校刊指導，也兼任開平校友會總幹事等等。

兩年後我就近修畢師大教育學分，因妻在苗栗的國中任教，考慮三位子女就讀國小，不忍妻太勞累，乃毅然婉謝夏校長厚愛加薪，堅辭回苗栗。夏校長雖有別於他校的治校理念，但對老師要求極是嚴苛，他有一間小辦公室，老師犯錯，則叫到校長辦公室約談訓話，甚至於給予解聘，有些老師走出校長室，淚流難過不已。我則私下反映校長，如此對待老師，恐是不智之舉，應給予相當的協助與尊重，夏校長不怪我，反拜託我給這些年輕老師多作安撫與輔導。

在開平兩年後，感恩苗栗縣建台高中黃錦榜校長協助，我到該校服務十八載，除了擔任專任教師，也在補校任教十年，直到民國九十四年底罹患慢性骨髓性白血病後，才得以放下補校的課程。每所學校皆有其不同校園文化，也會發現一些小集團，少數主管會以威權之姿拿雞毛當令箭，視老師們為自己部屬，甚且有違校園倫理之嫌，令人有所不齒。

記得小女怡嫻台師大國文系畢業，台大中文研究所碩士，她執意要進入公立高中當國文教師，多次參加全國各高中教師甄試，但僧多粥少，報名者往往逾兩、三百人，筆試錄取十來人，再試教、面試，最後才錄取一至二人。小女多次筆試通過，但試教面試總又向隅了。台北前穀保家商鄭姓校長當時仍在職，是我大學同校不同系摯友，得悉後，要幫我讓小女進入該校服務，我了解私校老師的壓力，小女恐難以承受，乃謝絕了鄭校長之好意，如今小女盡心全職在家教養我外孫子宸，今已讀康橋國際學校二年級，小婿則在中國上海就業，並攻讀上海復旦大學化工博士中。我退休後，身體雖然日漸衰弱，但我執著自己的人生理念與生命價值，希望自己能放下過去職場的操勞與憂煩，活在當下，並常與摯友花間一壺茶，快活似神仙呢！

筆于二〇二二年元月廿六日　山城之夜

七　呼喚吶喊篇

頂上的雲

日子走著就走成了斜坡
上上下下白天黑夜
螞蟻扛著麵包屑與時間競走
高低起伏的曲線顯示
心的跳動或疼痛頻率

黃昏的金芒輕輕梳著
山是一頭溫馴的獸
回望攀登的足跡
沉重步履已然竹杖芒鞋

不是薛西弗斯的巨石
推到山頂的　是雲
時間長出了翅膀
歸向無可逆的下坡
心是放任雲遊的藍空

~琹川

61 除夕隨筆

今年除夕，一如往常，兒子媳婦帶著三個小孫子女回家圍爐團圓，放煙火、發紅包、聽賀年八音，也因疫情嚴峻，都待在家，一家三代七人難得團聚，也幾乎無所不談。兒子媳婦在台北開義大利西餐廳，因疫情關係，生意自然受到相當影響，也開始對國家經濟與社會民生問題多所關注。年夜飯自然交給妻與兒來掌廚，我趁閒讓三個正唸國小的孫兒背誦唐詩，背一首二十元，發紅包時一併獎勵，唸小二的孫兒振楷獲得二百多元獎金，加上兩千元壓歲錢，高興得合不攏嘴呢！

除夕日，手機的「賴」皆充滿著喜氣的圖案與賀年訊息，我也按例禮貌性地回應祝賀，吃過年夜飯，兒子媳婦帶著孩子開車至苗栗地標新東大橋坡堤上施放沖天炮，我也特別叮嚀注意行車安全與施放煙火的安全規定。正如網文所言，過年節猶如勞動節，這幾天來我們也忙著清掃環境，除夕日一早我忙著貼春聯，將房子內外佈置得似過聖誕節一般絢麗，在這山居小社區二十多戶人家中，多年來好似只有少數幾戶會貼春聯，過年的氣氛不如我們早期農村的溫馨與年味。科學的進步，社會的變遷及人際的疏離，皆是重要原因，大家都沈迷於手機互「賴」或野外踏青。有些人則有「過年容易，度日難」的感受，記得早期有一榮民，在台灣無親戚朋友，住在自搭的簡陋木造屋裡，這一年除夕，他懷鄉思親，在門口自寫了一對春聯，上聯是「年年難過年年過」，下聯是「處處無家處處家」，橫批「四海為家」，平仄對仗皆非常工整，附近鄰居看了此聯，異常同情感動，紛紛送了雞鴨魚肉與蔬菜水果，他一人在這除夕夜也享受了豐盛的年夜飯。

除夕夜，家人忙累了也玩累了，皆在十一點前上床、就寢，我沒早睡習慣，看了電視，看看手機訊息，算是守歲。一直到凌晨一點半，方上樓入睡。或許是過年吧！早上五點就起來，管不了傳統過年的許多禁忌，服過中醫診所我學生醫師開的中藥，六點不到，感覺頭腦昏沈，再上樓睡個回籠覺，睡夢中的情境與過去有些類似，讓人驚慌難忘。

夢中，先是帶著家人在野外踏青，看到一位六、七歲小女孩在路邊花田追蝶，突然牽住我手，要我一起賞花。第二夢境中，自己騎著腳踏車揹著簡單行李，輕車簡行地往以前服務過的學校準備監考，豈料迷途到了山區一間大樓廢墟，找不到那所學校教室，於是牽著腳踏車進入更深遠的山上，只發現一座類似碉堡的小屋，裡面有一人守護著這破舊的小屋，我問此人，這是何處，他說這是台中和平區某山觀測所，這時我發現自己手機在跋涉中遺失，無法連絡到學校，在高山頂上，此人也無電話通聯設備，既然無法與學校聯絡，請教務處另派人監考，也不知身處此山何處。恰似北宋蘇東坡詩〈題西林壁〉：「橫看成嶺側成峯，遠近高低各不同，不識廬山真面目，只緣身在此山中。」找不到出路，等不到救援，我急得大聲呼喊。

夢中驚醒後，一身冷汗，妻知我作了噩夢，告訴我，那該是在職場工作，長期累積的壓力，未能得到適當的紓解，才不斷有此如真似幻的情境吧！聽後方才鬆了一口氣，簡單吃了早點，聽聽過年音樂帶與戶外此起彼落的鞭炮聲，今年過年的氣氛，似乎把我夢中緊張的情緒紓解了一大半。

筆於二〇二二年二月一日　農曆年初一　山城之晨

62 難忘師恩

今年年初二，與妻先回老家新竹縣芎林鄉「官家莊」祖祠簡單祭拜後，順便至祖祠後的老屋向家兄拜了年，然後開車經過竹林大橋至竹東，先向九十歲的堂兄有沐宗長拜年，台灣高等法院書記官退休的他，殫(ㄉㄢ)精竭慮半生從事台灣官氏源流的研究，終於在去年春天出版首部厚實鉅冊的台灣官氏族譜及東陽堂官氏族譜拾遺，令人欽佩他的毅力與執著的精神。他告訴我說，擺在書桌上那袋「有沐九十回憶錄」已定稿泰半，但有感年老體衰，無力再費心思寫下去，我除了鼓勵他能堅持寫下去，俟我完稿龍影見聞錄，在明春順利出版發表會後，願意與有文宗弟再協助他付梓印刷出版。

辭別有沐宗長後，與妻再專程繞到我小學恩師林煥田老師府上拜年，也因為疫情嚴峻的關係，已一年多未能到醫院去探視，二度中風無法言語的煥田恩師，回顧當年唸碧潭國校時，恩師風流倜儻、風度翩翩，我崇拜他的桌球技術與歌喉，更感激他啟發了我寫作的技巧，在他前些年二度中風住院台大醫院竹東分院時，我數度去醫院探視他，師母黃月和老師總會貼耳小聲地向恩師說：「你高徒龍影來探望你了！」恩師雖無法言語，但兩眼呆視著我，眼眶微微濕潤，病榻旁的一面牆，家人幫他設立小小公佈欄，張貼著他溫馨的家人生活照，我突然瞥到公佈欄中，有我的名片與照片及一張「龍影文訊」期刊，讓我震撼感動，尚且恩師子女全稱我為大哥，恩師全家人是如此的在乎與尊重我這位遊子學生呢！探完病準備離開時，我輕撫著恩師蒼白的手臂，並輕輕地在他額頭上吻了一下，祝恩師能有奇蹟，早日康復。

今日與妻到了恩師府上準備拜年，輕按門鈴，唯恐打擾師母休息，恩師二女兒開了門，我要妻先進去，我隨後停好車方進門拜年恭喜，突然看到師母淚流激動地告訴我，恩師於半年前已蒙主寵召，因疫情關係，低調治喪，沒敢驚動我，我愣了半晌，瞭解情況後，安慰師母與他女兒，辭行時與他家人合照。在回程車上，心中異常悸動難過，淚水也不覺流進口罩內，我即刻將合照轉傳給摯友，也是恩師、師母的高徒林英梯處長，隨後英梯很快回我訊息說：「唉，林老師是我們五、六年級時的導師，令人很不捨，而師母黃月和老師是我五年乙班上學期的導師，也是我人生關鍵的推手，當年是她把我趕去升學班，我才有機會唸初中。」，是的，當年我們在困苦也懵懂無知的小學時期，是恩師在鼓勵我們、啟發我們，感恩啊！煥田恩師！

年初四這天，我與妻也一如往年，到苗栗縣西湖鄉一僻野村莊，探視妻於民國六十五年間於西湖國中任教的女學生林碧雲同學，她長期獨居，多年前，車禍致頭部受創，導致精神有點失常，女兒又不在身旁，只能靠拾荒維生，妻送她壓歲錢與營養粉後，再度關懷叮嚀她要小心，如有困難可隨時來電，我們會盡力給她協助。我與妻皆在中學教師退休，除了懷念恩師教誨，希望也能將愛的教育照耀到自己的學生。

筆於二〇二二年二月六日　山城之夜

63 筆名與正名

新竹縣文化局為籌作「百年人物誌」，蒐集新竹縣在地在外的文學、藝術、書法、音樂等等傑出人才，委由兩河文化協會人員去初步採訪普查，建構資料後，再作深度訪問，對文化紮根與深耕的新竹縣故鄉而言，將是一大創舉，也是一項艱鉅之文化工程。受訪者多為地方耆宿，在文藝界有特別貢獻或傑出者，值得縣民所期待。

二月十一日（星期日）新竹縣兩河文化協會黎錦昌校長伉儷依約在上午十點抵達苗栗寒舍，故鄉人相見，總會寒暄故鄉事，黎校長閱歷非凡，曾任新竹縣新埔鎮照門國小校長、新竹縣教育處藝術人文教育召集人、新竹縣教育處音樂科輔導員及新竹縣兩河文化協會理事；現任新竹縣教師合唱協會理事長。其夫人呂麗惠老師則為新竹縣文山國小主任退休，一同從事兩河文化協會事務，承擔此次「百年人物誌」的訪查工作，在文學類則是擔任主要採訪工作。巧合的是，妻淑靜民國六十四年於苗栗縣私立君毅中學擔任班導，教過的兩位優秀學生，林文昆、陳榮和竟與黎校長在新竹縣同期擔任國小校長，經黎校長即刻手機連絡陳榮和校長，並由妻與之通話，彼此亦感到驚喜呢！

黎校長伉儷幫我拍了數張照片，參觀了我木鐸書齋後，我提供了近十本著作給他們帶回參考。黎校長對我筆名「龍影」特別感到好奇，希望我能說明取這筆名的因緣，事實上，這筆名「龍影」我已使用三十多載。之前於民國八十六年由苗栗縣救國團幫我出一本詩集「木棉花的呢喃」時，我依命理師建議，用「秦永」作為筆名，出書後，總覺得不很自在，所以又改回原來之「龍影」，我一直喜歡北宋大文學家蘇軾的詩詞，某夜讀到他的「減字木蘭花」一詞前兩句：「雙龍對起，白甲蒼髯煙雨裏」、「疏影微香，下有幽人晝夢長。」一振奮異常，首句敘述松樹挺拔有凌雲之勢，第二句則敘述凌霄花的香味，乃採用此兩句之第二字「龍」與「影」，有剛柔相濟、動靜皆宜之意，從此寫作也靈感源源不斷。另外家父生前對我始終有「望子成龍」的企盼，我想自己不才成不了龍，當龍的影子總可以吧！就這段因緣和合，筆名「龍影」就如此定下也一直沿用到現在。

於前本拙作逆風擺渡中有一篇〈名字的玄機〉，曾提及與初見面者，談起我姓名或看到我的名片時，幾乎都會眼睛一亮。多年前聯合報曾以我名字大作文章，說我姓名真好，上下倒念皆可通，即「官有位」「有官位」「官位有」「有位官」，取了筆名「龍影」後，許多讀者或文友把我正名當筆名或筆名當正名，我個人雖很滿意，只是妻還不習慣人稱我為「龍」先生呢！

名字和數字一樣只是一個符號罷！在多年前，我隨中國文藝協會至中國河北省參加文藝訪問交流，行程中安排至「直隸總督府」舊址參觀，赫然發現懸掛中門的匾額上，有一幅激勵公務人員的箴言，末四句為「思古良臣，鞠躬盡瘁，用是作箴，以勵有位」，如此「以勵有位」之用語，或是因緣巧合，但對我而言，怎不會有更妙的聯想呢！

筆於二〇二二年二月十五日　山城元宵之夜

64 木鐸山居

居住此苗栗山城木鐸山社區已逾四十載，從最早的八戶，至今已有二十餘戶，不能說左右鄰居皆能融洽，但起碼守望相助與敦親睦鄰的程度還令人滿意！自從去年九月二十五日，社區的守護神，超過百齡的大樟樹，遭居民反映根部侵入一住戶圍牆，及秋冬之際，落葉滿地，不堪其掃後，國中竟乾脆僱工將之鋸斷，從此讓居民有失依怙，社區顯得空空蕩蕩，在「十年樹木，百年樹人」的堂皇標語下，竟有諷刺的意義存在呢！

在僅二十餘的住戶裡，有一位楊姓鄰長，負責傳遞訊息外，也無管理委員會，在此山岡上的小社區，除了選舉時會熱鬧些，其餘時間猶如一座孤城。往年附近國中學生數多時，還看得到師生校外活動景象，如今學生數驟減，側門變正門，正門變側門，原本矗立斜坡的「凱旋門」，算是學校古蹟的標幟，也因為上下車流的關係，莫名地被拆除，許多畢業多年的校友返回母校，直嘆可惜，少了可以回憶的建築呢！

原本大轉彎的坡道。過去皆由國中學生輪流清掃，但礙於學生數少，清掃責任區廣，久而久之，坡道旁，除了顯得荒涼，坡道上樹葉堆積，無人清掃，學校雖偶而僱人清除，仍難以維持社區之整潔，自本里王里長上任後，令人耳目一新，尤其王里長夫婦為里民服務，一馬當先，隨傳隨到，其服務精神與效率，令人感佩。

從去年中開始，里長夫人發起社區義工清掃活動，定期每月一天維護本社區整潔，在鼓勵之下，社區居民有七、八位響應大掃除，妻除積極投入義工外，我更以自辦的「龍影文訊」季刊予以報導，佐以義工合照，積極宣傳善舉。近期更於打掃完後，邀請義工們至家中客廳茶敘，招待水果、茶水、餅乾等，並特予拍攝合照贈送。自然地凝聚社區居民情感與互助精神。里長夫人的帶動與何太太的聯絡，此自發性的合作分工，讓本里（高苗里）王一休里長於去年（一一〇年）代表績優環保志工小隊，並由苗栗縣徐耀昌縣長頒獎表揚。

社區的環境仍需由各家戶來維護與綠化美化，我個人除了於通道旁以吊飾花籃與盆栽美化外，另於後院室內種植番茄與胡瓜、西洋瓜之類瓜果，迄今蔓藤已高掛屋頂，想摘擷小番茄還得攀爬鋁梯呢！

在後院圍牆外，我剛種植了幾株大寒櫻、吉野櫻，也在坡道旁與鄰居共同栽植幾株櫻花樹，期盼若干年後，能櫻花盛開，落英繽紛，更能顯得春意滿山岡，充滿詩情畫意之木鐸山社區自然更令人嚮往了。

筆於二〇二二年三月八日　山城之夜

65 故鄉行

三月一日，突然心想回鄉一趟，四十分鐘之車程，沒理由不回去探望親人與久違的老同學，父親早期活躍在政壇與商場，煙酒戕害了他本來虛弱的身體，於民國七十八年以七十三歲之英年駕返道山。母親樸實安命，民國一〇〇年以九十一歲之高齡駕鶴西歸，從此母親倚門等我回鄉的「美麗的錯誤」即成絕響！直到近兩年手機網傳「官家莊」群組，邀請了在地與外地宗親百餘人參加後，在群組裡不斷地互動與回味在官家莊的童年與青少年故事，我們方開啟回鄉大門，陸續返鄉尋根。

約好摯友興惠校長、英梯處長及禮雲校長於三月三日上午十時至莒林上山村黎校長綠獅三街之新府會合，豈料正遇全國大停電，民進黨政府所謂的不啟用核電，全國綠能不缺電，怎如此快速跳票跳電了，真令國人匪夷所思。故鄉停電，黎校長鐵捲門，因無電無法開啟，我們七人三部車改往竹北市黎校長另一華宅，所幸竹北市為科技重鎮未被停電。進入黎校長二樓華宅，書香味濃，佈置高雅，大家於長桌旁暢談教育與文藝，在進入黎校長華宅前，我們先至大樓會客廳合影，並至附近「東興圳博物館」預定地圍籬旁，欣賞新竹縣文化局特別框製興惠兄之水彩古厝畫作多幅，並由興惠兄特別為我們作導覽。

中午時分，我們於附近新開張之「遠東百貨公司竹北館」享受美食，餐後興惠兄與黎校長有事先回，英梯兄、禮雲兄與我夫妻參觀百貨精品，整體建築造型宏偉，館內規劃極其現代化，假日人潮絡繹不絕，尤以第十層建築造型古典之四合院庄落，極具客家文化底蘊，令人眷念久久。

這次訪問黎校長伉儷並邀約三位摯友前往，我特別準備一盒名貴茗茶贈黎校長，並贈黎校長及三位摯友各一小盒苗栗特產「肚臍餅」分享。酒與茶一向是我國人的文化底蘊，所謂「夜半客來茶當酒」是也，客家人是有好客特質的民族，興惠兄既是國中校長，也是地方文史學家，此次相聚，特別帶來他近作「淺談客家人的性格、精神與特徵符號」數本贈與大家，書中尤其強調客家人的硬頸精神包含了：一、擇善固執。二、不畏強暴。三、晴耕雨讀。四、崇宗敬祖。五、勤儉刻苦等，他也引用台灣學者曾逸昌先生所說的客家人除了幾項優點外，缺點方面則有：一、重鬼神、信天命。二、保守、中庸。三、重功名、輕實業。四、心胸狹隘、剛愎自用。

此回故鄉行，有如唐賀知章之「回鄉偶書」：「少小離家老大回，鄉音無改鬢毛衰，兒童相見不相識，笑問客從何處來？」是的，我們已從黃髮童年到了白髮老翁了，今日不把握現在，樂活當下，更待何時哦！

筆於二〇二二年三月十日　山城之夜

66 春雨狂想曲

年過七旬之後，懷舊的思緒顯得愈來愈濃，比以前更想找尋老友榮宗兄促膝長談。他是我多年志同道合、理念契合的摯友，對往年一些「道不同，不相為謀」的親友，我心胸漸從嫉惡如仇的心態，轉念成為可愛的陌生人，不管是善緣或惡緣，即如佛教所言之「今生之一切，皆已是前世的劇本所寫。」心有多寬，路就有多長，我雖缺乏慧根，但起碼的慈悲心與包容心應該還有吧！

日前，夜半突地兩腿抽筋，妻急忙拿兩顆鎂鈣，讓我溫水服下，稍微紓解陣痛，過去聽李秀蘭老師教我的小妙招，當腳抽筋時，將兩腳屈躬，並用兩手緊緊抱膝，即可迅速止疼，偶爾用此妙方，果然效果不錯，但這次突然的劇痛，只有靠藥物治療了。腳疼紓解後，屋外卻下起大雨，不似春雨綿綿的柔和詩意，嘩喇的雨聲，驚破人的睡夢，我只好在客廳聆聽似「十面埋伏」

的雨音，當大雨響起，我方想到掛在屋外窗旁的那籠兩隻鸚鵡，乃疾疾下樓，冒雨到屋外將之提進屋裡，這兩隻鸚鵡不停的吱喳聲，好似對我一面抗議，又一面向我感恩呢！

天亮雨歇，近七點半，我開車載妻至淨覺院，妻說今天是觀世音菩薩聖誕，要參加法會，我們夫妻是佛教徒，我雖對宗教抱持半信半疑的態度，但終究也不敢謗佛。在家佛堂，每天早上皆由我點香禮敬諸佛菩薩，多年來家中遇到無法決定之事，我與妻就在菩薩前擲杯，請菩薩來為我們決定與指示，說真格的，有時還蠻靈呢！

最近多雨，寒舍也已老舊，難免多處漏雨，幸虧我在高中教過的學生文棟開水電行，樂於隨時到府服務，解決了我家庭水電問題。去年有兩次漏水，水費破萬，自來水公司黃姓業務員也是我教過的學生，熱心提醒，後來改作明管，方解決漏水問題，慶幸自己在教育界服務多年，學生畢業後散佈在各行各業服務，只要聯絡，這些老闆級學生皆會很樂意為老師服務，也讓我夫妻感到安慰，解決過去常因小工程被一般不肖師傅所為難。

回想前兩日在電視節目播出的「苗栗縣村民大會」，探討「竹竹合併」或「竹竹苗合併」為第七都之議題，參加的人員有蘇煥智律師、鍾東錦議長、苗栗市邱鎮軍市長及多位縣議員及地方關鍵人士，討論雖熱烈，也難有一致之結論。民進黨中央的強勢決策，如同中央集權，只為選舉而考量，欲讓我們苗栗縣成為亞細亞孤兒，無論苗栗縣合與不合，是否先該考慮如何彌補苗栗縣的損失。苗栗縣的黨派應該捐棄成見，一致為苗栗縣的版圖完整及科技工商農漁的發展，發出強有力的聲音，來影響中央自私無理的決策，方為正道啊！

筆於二〇二二年三月廿四日　山城之夜

67 藍天之情

今年三月是春回大地，三陽開泰的吉祥月，十六日，我參加了苗栗縣藍天服務協會第五屆第一次會員大會，也就是中國國民黨苗栗縣黨部退休（職）工作幹部的聯誼會，近五十位退休同志參加此次大會。現任鄭理事長錦宏因身體違和請假，由李常務理事錦秀代理主席主持會議，黃秀珠同志權當程序司儀，並由前李主委錦松、劉主委明仁、林主委祥川、黃國苗黨部前黃主委舜卿等長官列席。現任鍾主委東錦，因身兼縣議長，有事後到，並誠懇謹祝本次大會順利成功，並全體合照留念。

大會開始，依例由主席致詞，並邀請李首席顧問錦松及幾位貴賓作勉勵語，隨後在意見交換中，主席首先請我發言，再請葉清欣同志、劉燕梅同志、傅慶龍同志及范雄達同志分享，我有感而發地說：「個人從事黨務工作僅十二載，是黨務的逃兵，但退職後仍心心念念在黨，當年黨中央文宣號召

「組織即家庭，同志如手足』，深深印記在我心坎中，在政黨輪替後，本黨氣氛空前低迷，我們退休同仁或許更應以謙卑心態，並以『浴火鳳凰』的心情來振奮黨德、黨紀凝聚力量，期能藍天再現。」個人並表示，明春將舉辦第二十一本拙作，第十一次之新書發表會，再請先進同仁們一同分享指教。

會議進行最後程序，改選第五屆理、監事、常務理事、常務監事，並由方黃金同志全票選出理事長，邱鎮榮同志全票當選常務監事，並由方理事長推薦林明仁同志擔綱總幹事，嶄新的人事佈局與創新的工作企劃，開始展開連絡與活動，正如林明仁總幹事所言：「藍天服務協會是一個可以很有作為的團隊，內部服務聯誼三分就好，外部延展發揮七分才是價值所在。」深信在方理事長睿智帶領下，藍天服務協會一定充滿溫馨及高度效率，也期盼退休（職）同仁能盡速歸隊這大家庭。為響應藍天服務協會號召，我個人率先樂捐三千元並寄六十餘份本期「龍影文訊」，贈各會員分享與雅正。

現任行政院客委會諮詢委員暨全國劉姓宗親會榮譽副總會長的苗栗縣藍天服務協會創會理事長劉炳均大老，因逢愛孫過世，無法列席參與此次大會，十七日上午，我與妻正驅車趕赴公館其府致意，途中即接到大老來電告知噩耗。三年內他先後失去了一位愛女與長孫，白髮人送黑髮人何其悲慟，我夫妻只能安慰他們，並以佛教的正念告知他們之女兒及長孫已完成人間使命，現已回到天庭菩薩旁當護法神。

十八日，首席顧問李主委錦松亦前往劉府安慰兩老，劉老希望低調治喪，其孫尚未「三十而立」，英年早逝，本月二十四日於後龍福祿壽生命藝術園區舉行告別式，李首席顧問與我夫妻前往參加公祭，虔誠送其孫人生最後一程，俗話說：「天有不測風雲，人有旦夕禍福。」人生無常，其孫生前，我見過數次面，英俊挺拔，才貌雙全，真是痛失英才，我只慚愧幫不上忙，只盼劉老伉儷能節哀順變，保重福體為要。

筆於二〇二二年三月廿五日　山城之夜

68 夢裡故人來

不知是否「清明節」將至，抑或我體質特殊，還是最近欣賞正播放世界盃桌球賽大滿貫，新加坡站與卡達站的明星對抗賽，滿腦子皆是桌球賽的影子，睡夢中竟然出現這般情境。

夢中，誼弟景良伉儷亦如往常，週六晚上來家裡聊天，突然聊到過世多年的球友覃漢錦先生，我請妻打電話到覃府，請覃先生馬上來家裡一同茶敘，不一會兒，覃先生即到家裡來，加入我們聊天行列，只見覃先生一襲西裝、平頭，講話的語氣與笑容，完全跟他生前一樣，真是「音容宛在」。在聊天中突然談到桌球賽的事情，我問他：「您那世界有人打桌球嗎？」他說：「有啊！陽間有的東西，我們那邊都有呢！」我又說：「您下次回來，可否幫我買一塊球拍膠皮，而且要紅色的皮，要最好的，打不輸的皮。」他說：「要顆粒的，還是平面的？」我說：「您一直是打顆粒的膠皮，我一直是打平面的，當然是買平面膠皮呀！」他又說：「好的，那我先回去了，下次回來再幫你買。」然後推開我客廳的紗門，一下子就不見蹤影。翌日醒來後，把這一段奇異的夢境告訴妻，學佛的妻淡淡一笑說：「日有所思，夜有所夢。」或許吧！最近兩年，我仍會夢見逝去多年的父親、母親與義母回來找我呢！

夢境中的父親過世後兩年，回到新竹老家，與我母親及兄弟、家人同桌吃飯，看到父親回來，家人們一臉詫異，但是皆裝作無事，更奇怪的事，是父親過世幾年，在我夢中出現他來我苗栗的家，看我在中庭花園挖地種花，他一襲平常穿的工作服，我先是一愣，然後故作鎮定，問到：「阿爸，您怎麼回來了？」他一如生前，以關愛我的眼神幽幽地說：「我是特別請假幾天，回來看你過得好不好呢！」我回答說：「阿爸放心啦！我會自己照顧自己的。」我低頭拿了畚箕準備裝土，抬起頭，父親即消失得無影無蹤了。

母親過世後，較常入我夢中，印象中，有一次我在客運車上，外望在街上路旁，有一蓬頭垢面的婦女在行走，我定神一看，原來是我母親，我在車上不斷地哭喊「母親」，但車子急駛，我又無法下車，母親的影像也慢慢地消失了。

義母生前習慣喊我「阿官」，每接到她電話，她總會說：「阿官，你好嗎？你有吃飽嗎？」她過世在北榮總，彌留前，芳妹打了好幾通電話給我，而我也正開車往北榮總回診，到了醫院地下停車場，已停滿車子，這時似乎聽到義母的呼喚：「阿官！阿官！」正巧有一部車駛離，我即刻停了進去，牽著妻的手，疾疾地上了電梯至九樓，只見家屬們不斷地合掌唸佛，我低頭難過地說：「媽！對不起，我來遲了！」她過世後幾年，進入我夢中兩次，記得有一次是出現在遊樂區，她看到我大聲地喊我「阿官！你有看到偉洲嗎？」我說「有啊！我帶您去找他！」我拉著她的手，指著坐在遊樂區庭園石梯上的偉洲，她即立刻衝過去，又忽然消失在人群裡。

筆於二〇二二年四月二日　山城之夜

69 調錢經驗談

俗話說：「人家求我三月春，我去求人六月霜。」相信許多人會有此感受，過去我們常受到一些「應該的」、「有情有義」、「誠信原則」的道德觀影響，及「助人為快樂之本」、「親友有難，要義不容辭，要兩肋插刀」等等的教育影響，結果把自己搞得身敗名裂、痛苦不堪的不在少數。多年來，我在沉思這個問題，因為在現實社會中，我也體驗過人情冷暖，也曾是受害人之一呢！

妻是佛教徒，做善事、做公益，為功德、為福報，不遺餘力，但因緣果報並未在某些人身上應驗，佛教所謂的三世因果：「欲知前世因，今生受者是，欲知來世果，今生做者是。」應可印證。國家有法律規範，社會有秩序倫理，我們常聽聞佛法所言：「善有善報，惡有惡報，不是不報，時間未到。」我想「現世報」最能說服人心吧！經驗法則告訴我們「凡事盡力就好」，但世事多變化，還是「量力而為較佳」，社會上一種米養百樣人，當然，善良篤實的人居多，但作奸犯科、背信忘義的人也不少啊！國家、社會也會變得沉淪，如果我們都活在沒安全感及不定性的氛圍下，那又是誰之過？古聖孟子曾謂「人性本善」，但荀子也謂「人性本惡」呢！終究影響人性善惡的，還是教育，品德教育啊！

最近，家裡需要一筆資金週轉，我心想找幾位友人幫忙應沒問題，出乎意料，大部分友人的回應，是有困難，不然就是「已讀不回」。感恩摯友榮宗兄、景良兄、英梯兄及禮雲兄義不容辭地協助，方能紓解困境，解決問題。過去幾十年來，我只向人開口一次調錢週轉，家裡整修浴室要二十幾萬元，我夫妻沒理財觀念，一時急用，又不方便也不習慣向人開口，最後只得向最親近信賴的舜嫂及芳妹各借十萬元，言明兩星期內奉還，兩位親人不算我利息，我就感恩不盡，兩星期內，我把定存解除，立刻將欠款奉還，我相信「有借有還，再借不難，有借不還，再借更難。」自己擔任全國官姓宗親顧問團聯誼會會長兼總幹事，請妻擔任財務，錢雖不多，但絕對做到誠信原則，公私分明，我們做人基本的正念，是凡事要對得起良心，才能安心放心，不是嗎？

筆於二〇二二年四月四日　山城之夜

70 逛市有感

過去幾年曾帶著妻幾乎跑遍苗栗山城各鄉鎮市的傳統市場，不只是想購買當地特殊風味的果菜或山產海味，而是喜歡市場人多的那種氛圍吧！但是近三年來疫情嚴重，傳播率節節攀升，我們就依規定避開人群聚集的場所，盡量在山居裡過著半隱的日子。

在疫情尚未嚴重爆發前，因為眼疾，經炳均大哥介紹到頭份市一家由地方聞人陳運棟大老之公子所開設多年，馳名遐邇的陳晟康眼科診所看診，看診後，陳院長告訴我，我右眼指數為七・六五，正常指數在七與十中間，也就是白內障尚未成熟，還未達到需要手術的程度，只開了幾瓶眼藥水，再觀察一段日子再回診，如有低於標準值，再考慮割除白內障，或許平常看手機太多，藍光所害，及熬夜寫作用眼過度所致吧！

眼科診所附近即是頭份市最大的傳統市場，我將車子在市場附近停妥，妻挽著我的手臂，緊緊跟在我旁邊，一方面擔心我視線差，隨時預防我摔跤，另方面也怕在人群中失散，所以緊牽著我手，或許在許多人眼中，我們是恩愛一生，相互扶持的老夫妻，的確也是如此。

頭份市的傳統市場，是我首度進去購物的市場，東西應有盡有，每人都帶著防疫口罩。我們穿梭在人群中，聽到的叫賣聲此起彼落，一向節儉成性的妻，不讓我隨興購買，但出了偌大的市場，我們還是拎了好幾袋的蔬果與熱食肉類，可以說是滿載而歸。回到家，中午妻準備了滿桌菜餚，可讓我大塊朵頤，準備下次到頭份陳眼科回診後，再與妻去逛此難忘的傳統市場，可以滿足既便宜又美食的購買慾望。

當然，平常在家最常去逛的是南苗傳統市場與中苗的黃昏市場，至於北苗市場，因距家遠，且所擺設之蔬果魚肉種類不多，我就甚少前往採購。但各傳統市場之設立均給在地或外地民眾相當的便利，尤其星期假日，有些傳統市場更是人潮不斷，有幾次假日回新竹老家，與妻順道至竹東中央市場購物，人聲鼎沸，貨物充斥道路兩旁，置身其中，真有參加廟會的感覺。回顧自己在青少年時期，偶而也陪母親到竹東中央市場擺地攤，販售蔬菜與龍眼，當年至市場購物之人稀稀落落，今昔之比，真不可同日而語。過去常看人買菜，總要賣菜者多送幾根蔥或蒜，現代市場文化也比過去幾年高了許多，若非疫情嚴峻，我喜愛在市場裡，品嘗小吃，隨機購物，這也是一種享受呢！

隨著時代的進步，各縣市開設不少的大賣場、商場與百貨公司，品質多有保障管控，重要的是購物消費都有開具發票，出了狀況，尚可追溯查源，基本上有「消費保護法」保障，傳統市場似乎少了這層的保障，有利有弊，我們消費者自己還是要作聰明的抉擇哦！

筆於二〇二二年四月十二日　山城之夜

八 真情無悔篇

星空遊子

晚月照城風亦明
雲渦湧動捲來生
星濤歲月流光轉
孤寂遊人幾世情

繽紛

奼紫嫣紅相鬥艷
暖風傳來馥芬來
繁華散盡誰能待
為爾銷魂遍地開

~毛金素

71 生日紀實

這一天，正是我身分證上的生日，沒有勞動親友與子女，買了蛋糕，在已訂的獅潭鄉摯友榮宗所開設的桂橘園民宿住宿，我開車帶著妻，準備了簡單行囊，在下午四時，沿著快速道路轉向台三線，緩慢駛往久違了的獅潭鄉。三十六年前，我個人受奉派至此偏鄉當民眾服務分社主任，對該鄉的政治、文化與特色，皆尚有深刻的印象，就算是舊地重遊，所見所聞，景色依舊，人事已非，對這全縣人口最少（全鄉不及五千人）的偏鄉，卻能締造成聞名的觀光景點，倒也令人驚艷。

我們先到隔壁何太太千金惠娟新開張的後角咖啡店，因開店不久，人手缺乏，只在星期六、日賣些甜點與杭菊之類，看似簡單，但親手作糕點，也需相當的廚藝。餐廳內外佈置異常醒目創意，自開賣後，也常吸引外地人前來捧場，我以老鄰居與長輩的身份，建議她增加簡餐之類，並在餐廳適當處掛上一簽名板，讓客人留下親筆紀念或可招徠更多客人呢！

當我在啜飲菊花茶時，看到視野三百公尺外熟悉的一座舊建築物，竟是我三十多年前辦公的民眾服務分社，只是政黨輪替後，大門深鎖，門可羅雀，讓人感到無限的唏噓與眷念。當年在此服務時，附近的長輩與地方派系人物，已走泰半，那種雄風與紛擾，隨著淹沒在無情的歲月洪流裡。我輕輕地向妻說慈濟證嚴上人真有智慧，詮釋了「靜思」兩字：「青山無所爭，福田用心耕。」人生無常，有何好爭呢！

在後角咖啡店雅緻庭園拍了幾張照片後，已是下午六點，我們離開了後角再順台三線前往桂橘園民宿，在民宿小住一宵，民宿主人榮宗兄是我交往多年摯友，苗栗縣立興華高中退休後，兩夫妻開設此世外桃源的民宿，已是十六載。晚上有蟲鳴，晨間有鳥叫，遠山含笑，令人心曠神怡，幾隻白鷺低飛而過，頗似唐代詩人張志和的〈漁歌子〉：「西塞山前白鷺飛，桃花流水鱖魚肥，青箬笠，綠蓑衣，斜風細雨不須歸。」

晚上七點半，我們把生日蛋糕放在民宿客廳長型桌上，由榮宗兄點燃蠟燭，四人合唱「生日快樂」歌，在吹滅燭光後，我低聲許願：「榮宗兄伉儷與我夫妻情同兄弟姊妹，在這美好的夜晚，祝福我們永遠健康愉快！」然後切蛋糕分享我的喜悅。

除了拍照，榮宗夫人冬蘭也準備一些下酒菜，我們各倒一杯高級威士忌，互相對酌祝福，或許是壽星吧！我們促膝長談，講到了激動處，我眼睫濕潤，不知是喜還是憂呢！當晚妻先睡，我在房內外望漆黑的山林夜色，興起無限的傷懷，頗有杜甫「飄飄何所似，天地一沙鷗」的人生感觸。

翌日清晨時分，感恩榮宗伉儷殷勤的招呼早餐，讓我有特別的生日感受，用餐後，收拾好行裝，驅車沿著迂迴山路至頭屋明德水庫，一路風光明媚，準時送妻至苗栗市淨覺院附設良兒幼兒園與慈濟教聯老師們一同給天使般的小朋友講故事、學手語。

筆於二〇二二年四月十五日　山城之夜

72 救生功德

曾經在佛書中讀到救生可以改命，救生護生，功德無量，古語說：「救人一命，勝造七級浮屠。」可見救命的功德是最大，十善之首是放生，十惡之首為殺生。佛陀所說諸法中，菩提心為根本，而一切有漏善法中，沒有能比放生的功德更大者。凡其他善業，若自心不淨，就無有功德，但放生時，無論其心淨或不淨，都是直接對眾生有利，因此有不可思議的善果，哪怕是放一條生命的功德也無法衡量。

過去有一段時間，受到前中華觀音佛學會費洪桂理事長佛法慈悲影響，我曾兩度隨師兄師姊到台中港漁人碼頭，將購好被綁草繩的螃蟹好幾籮筐，以汽艇載到遠離海岸的外海，一個個剪繩丟到海中，讓它們回歸海洋。也曾陪師兄師姊們將市場購來的魚蝦與蛤蠣載到山中溝澗或池塘放生，也曾購買十幾隻斑鳩與八哥鳥在山林野外放生，讓它們重回大自然的懷抱，積於善心本性，我並無刻意想得到功德回報。記得在讀中學時期，我也曾在新竹頭前溪游泳玩水，有三次救起溺水的同伴，甚至於因為偷偷與玩伴瞞著母親去游泳，回來被母親獎賞了一頓「竹筍炒肉絲」或一套「燒餅油條」呢！後來感覺差點捨身救溺，長大後，我的命運跟著一路好轉，尤其於民國一百年，一連三年，好運連連。

其實在放生過程中，最重要的是為所有眾生行三皈依，並為其念佛，我們救放眾生的性命，他們雖然滿心感謝歡喜，卻都還是畜生，尚在三塗中受苦，未能真正解脫，惟有以至誠之心為其唸三皈依，即「皈依佛，不墮地獄。皈依法，不墮餓鬼，皈依僧，不墮畜生。」回向給這些眾生。最近我感應了一件放生功德，在此提出與讀友分享。

家裡多年來養了數隻觀賞雞，有金雞、日本雞、白背鷳，這隻白背鷳算是保育類之雞隻，買來已二十載，當年在鳥店看牠被老闆關在小鐵籠裡，待價而沽，我看牠可憐被囚於鐵籠裡，無法轉身，花了二千元將之買回家飼養，與其它觀賞雞鴨同籠，因其體型遠較其它雞鴨為大，時常欺負追趕其它雞隻。最近半年我從鄰鄉鳥店購買兩隻小非洲珠雞回來，同樣被白背鷳追趕欺凌，最近餵食時發現珠雞長得特大隻，聲音宏亮難聽，兩隻珠雞反過來欺壓狠啄這隻白背鸝，我看其羽毛被啄得幾乎掉光，慘不忍睹，將之隔開，另關在隔壁之園藝間療養，但它不知好歹，竟將我新種菜苗踐踏，過了兩、三日，乃將之放回雞舍，看是否能回復和平相處，豈料更慘，被這兩隻珠雞再度猛攻不放，我又將之救出再放回園藝室，心中突然閃過一個念頭，找妻商量，並說明發生的狀況，我告訴妻說，這隻白背鸝被我們關了近二十載，今日反被兩隻珠雞欺凌，怪可憐的，是否把它放生在附近叢林，妻是佛教徒，同意我想法，於是我將此白背鸝放生。在放生前，讓它與其他兩隻溫馴的金雞、日本雞道別，也讓它再看一回欺壓它的兩隻珠雞，然後，我與妻將之捧於圍牆上，請妻給它唸三遍三皈依後，我輕輕讓它飛入圍牆外的叢林裡，讓它回歸大自然，脫離被欺凌的因緣果報！

自此次放生後，也深深感覺心情愉快而坦然，原來放生功德，可直接讓我改運，不管如何，讓我也能憬悟到護生不殺生及放生積福的無量功德。

筆於二〇二二年四月二十日　山城之夜

73 悼念享捷文

頃聞詩人文友享捷兄於今年清明前夕因病過世，享壽八十，也許同是在寫詩抒文，在心靈上筆耕數十年，有同樣的共鳴，在他過世前一個多月，尚與他見面兩次，只見他臉色異常憔悴，但神采依然奕奕，不見有病態。在今年四月十七日下午於苗栗縣後龍鎮福祿壽生命禮儀園區告別式，中國文藝協會理事長綠蒂博士，特別於前一日來電，希望我能代表中國文藝協會暨中華民國新詩學會公祭，送享捷兄最後一程。

印象中，享捷兄於苗栗縣獅潭國中與明仁國中擔任教務主任長達二十載，也榮獲全國師鐸獎。民國七十年左右，在張捷茂校長擔任召集人下，我們近十人擔任苗栗縣救國團時事宣講員，每年分赴各機關、團體及高中、國中去演講，為社會與學校宣傳時事及宣導理念。享捷兄學校退休前後自組「同心健行登山隊」多年，擔任領隊服務山友不遺餘力，最多會員時超過一百數十人，定期出專集，是極少有此組織活動之登山健行團體，令人感到異常佩服。他還潛心於書法與新詩的研究，原參加高雄市掌門人詩社，後經其社長與我推薦給台北市中國文藝協會理事長綠蒂博士，因熱忱於文藝協會頗受重用，連續擔任中國文藝協會常務理事與中華民國新詩學會常務理事。其榮譽琳瑯滿目，先後榮獲中國文藝協會頒發新詩類與書法類文藝獎章，更榮獲美國世界藝術文化學院榮譽博士學位，肯定他對文學藝術，為國家社會所作的最大貢獻。

告別式公祭中，悼祭單位極多，參與人數與場面極為殊勝，黨政高層、文化教育及各種社團一一代表公祭，尤以其妻歆雁姊之人脈廣闊，既為民代，更從事地方法院與檢察署觀護人多載，為民服務不遺餘力。公祭之殊勝，是我參加過公祭以來少有的景象，看到靈堂上的享捷兄微微笑意，應該是很滿意今天的祭典，尤其他近作數十本置於靈堂門口，很快被搶閱一空呢！每回參加親友的告別式，我內心總會一陣陣悸痛，當名冊上一個個名字被我劃去時，內心也會一陣陣徬徨，每個人只是時間問題吧！「棺材是裝死人，並非裝老人」，古諺：「人死留名，虎死留皮」，我想亨捷兄留下許多書法與詩作在人間，一定會供後世子孫與詩友所懷念的。

回顧與亨捷兄相識四十載，知之最深，得悉其噩耗後，我即在「賴」裡傳了我對他內心的不捨與傷懷，今特摘錄杜甫詩「夢李白」前段來紀念他，望他一路好走，繼續在另個世界發揮他的新詩與書法專長吧！

夢李白　杜甫

死別已吞聲　生別常惻惻
江南瘴癘地　逐客無消息
故人入我夢　唯我長相憶
恐非平生魂　路遠不可測

筆於二〇二二年四月二十一日　山城之夜

74 釋懷

在網文中看到一則消息，告訴我們人體百分之九十的疾病都是與情緒有關，譬如壓力、生氣、悲傷、委屈、恐懼、負面情緒等皆會攻擊我們的免疫系統。再如何滋補、養生、保健也都無濟於事，性子愈急，智慧愈低，性子愈穩，智慧愈深，脾氣愈大，身體愈差，心胸愈寬，格局愈厚，格局愈大，事業愈發達，聲音愈大，修行愈差，聲音愈柔，德行愈厚，所以修心養性對我們身心靈的健康是有很大幫助。

常聽人說，溝通是人際關係的基礎，有好的溝通能力，才有好的人際關係，而不當的溝通方式，往往成了人際關係的絆腳石，在平常生活中，我們常會遇到有些人講話不得體、不誠懇，專講人家不喜歡聽的話，或者專門批評、挑剔人的人，是怎樣的不受人歡迎。有人磁場相近，情趣相投，很快成為好友知音；有人卻相敬如冰，話不投機，花再多時間，也難以謀合契合呢！

我個人交友隨緣，總覺得朋友間要講情道義，平時可不需常見，但只要有事，朋友就會挺身而出，而非裝作不相干。有一段時間，我將自我感覺不好的朋友逐漸疏遠，所謂「君子之交淡如水，小人之交甜如蜜。」久而久之，却感覺如此淡然，變成可愛的陌生人而已。如名詩人羅青的詩「為何地上的人們像天上的星星那麼遙遠，天上的星星為何像地上的人們那麼冷漠。」我突然有一構想，告訴妻說：「我想逐步找回過去與我因誤會而冷漠交惡的親友，希望能重歸舊好，妳覺得如何？」妻雙手贊成我想法，更何況俗語說：「冤家宜解不宜結。」

踏出第一步總是最難，想到佛經中的懺悔偈：「往昔所造諸惡業，皆由無始貪瞋癡，從身語意之所生，一切我今皆懺悔。」首先我發賴給我一位老師；「老師好久不見，一日為師，終身為父，學生好想您。」對方馬上回訊；「你原諒我了，我很高興。」第二位我專程打了電話：「過去都是我執著不禮貌，您能原諒我嗎？」改天再到府上負荊請罪吧！第三位是結拜多年兄弟，因小事而與之視同陌路，我特別到他府上贈送他三本近作，並告訴他這些天與他夢中相見，並指著書上與他的合照，友誼深篤，不能因一件小事而誤解他的仁義。再則得知相識三十多年之跆拳道高手，雖已兩年多未見，近日得悉他通過國際跆拳道九段（最高段）認證，我購買一個大蛋糕，附上「九」的蠟燭送到他府上祝賀，並合影留念。還有幾位有待彌補修復的友人或親人，我也將謙卑地請益，讓友誼親情缺口能儘量修復。過去聽聞星雲大師所言：「有緣多聚聚，無緣隨風去。」實在無法諒解溝通的，也只能隨風隨緣了。

當謙卑與對方取得諒解後，我心情突然感到開朗與釋懷，相信這會是我往前的助力而非阻力哦！

筆於二〇二三年五月四日文藝節 山城之夜

75 青出於藍

我的職業生涯，前十二年是在國民黨地方民眾服務站擔任紮根的為民服務志業，後面二十三載則是在四所私立高中職擔任春風化雨的教育事業。退休十年來感受到累積社會各界友人的溫馨資源不少，而在教育界退休後，更感受到所任教的莘莘學子，在各行各業嶄露頭角的更不計其數，真所謂「青出於藍，而勝於藍。」在各處偶而碰面時，一聲聲「老師！老師！」的呼喚，讓我感動不已！

印象深刻的，某次帶妻至苗栗保生堂中醫診所看診，任教過的宥均，已是該診所中醫師，總是親切的問候老師與師母，也很專業的「望聞問切」，令人感到窩心。偶而到銀行或郵局、電信局或其他機關辦事時，也總會碰到自己教過的七或八年級生，一聲聲「老師！我喜歡您上課講的故事。」當家中的水電發生問題，忠厚老實的文棟，總會以最快的速度，帶著水電工人同來修理，也因緣認識了他父親定坤，定坤兄是同昇水電工程行負責人，為人一樣篤實誠懇，喜歡我的作品，我不吝贈他幾本書，他竟當教科書勤做筆記，令人感動。他公子文棟最近考上乙級技術士水電證照，我與妻特別買了一盒水果與一箱飲料去祝賀。他鄰居好友恩榮經營茅香亭農園，並以特大烤爐烤麵包時，特別邀我去參觀分享，我與他的友人也建立了善緣。

定坤、美娥伉儷為人謙沖，三代同堂、和樂融融、幸福美滿，兩女也有很好的歸宿，父母慈悲，子孝孫賢，令人羨慕。每到他家，總是禮敬老師要我合影留念，我也鼓勵他利用閒暇時，學習寫作，並引述一個真實故事，多年前台中市一位水電工人，學歷不高，但喜歡寫新詩。某次，聯合報徵文，他將滿意的一首新詩投稿，並受錄用，稿費二千元，給他一大信心，後來陸續寫了更多更好的詩文，並彙成詩集，花費數萬元印刷百本贈送親友，贏得詩人及作家的稱譽。

這天下午三時，興之所至，我特別撥空再到定坤兄家中專訪，他並電話邀約我舊識紹由兄前來共敘，多年未見，紹由兄白髮皤皤，但一臉笑容，親切迎人，他小我一歲，兒子早婚，長孫已二十有六，我們三人品茗喝咖啡，談生活，說故事，彼此平易平實的交談，瞭解他們皆懂得樂活當下，不與人爭論長與短，不與人計較名與利，似陶淵明的歸園田居，有時呼朋引伴憶當年，有時自得其樂耐寂寞，這也是我退休以來最為嚮往的生活文化呢！

人生如過客，年華也如白駒過隙，近年天災人禍與疫情，奪走多少人寶貴的生命，我們尚且是幸運在世的一份子，何不看開放下，多多與人為善，為社會做些有意義的公益，為自己做件大大的功德，方不枉在人間走一遭。

筆於二〇二二年五月十五日　山城之夜

76 心態的轉變

不知怎麼回事，近些日子新冠疫情嚴峻，連續多日，本土確診人數均在數萬以上，而且居高不下，無論是輕中重症，在疫情沸沸揚揚之際，網路也出現不少真真假假的訊息，讓人不知所措。政府的防疫政策，讓人有知其然又不知其所以然的感覺，在如此氛圍下，只有遵照不群聚、不外食、戴好口罩、勤洗手等等措施，如疫情依然如此風聲鶴唳，那也只好自求多福了。

這段日子，我有些事情不是很順遂，怕悶在肚裡久了會成病，妻也因此可能舊疾復發，當然，有些事總難免會讓人煩惱擔憂，我決心每星期一兩次中午帶妻到頭屋明德水庫附近散心，一覽湖光山色有助於心曠神怡。另外一星期兩三回，傍晚到苗栗市將軍山公園的老人文康中心前的舒適操場繞圈圈，讓胸中悶氣，透過健走而吐露出來，也算是一種紓壓吧！望望左右前後

龍影 民國九十四年底罹患慢性血液腫瘤，在北榮總 邱宗傑主任細心診療下，恢復得很好。

的陌生人，年歲多與我夫妻相仿，有的健步如飛，有的踽踽獨行，我向妻說：「我們用正向的心態來看待事情，會有光明樂觀的情境，如用負面的心態來看事情，難免會產生消極苦悶的心地。當然，許多事情「言者諄諄，聽者邈邈」，能夠大徹大悟的人，並不是太多，只落得聽聽就好，懂與不懂，做與不做，又是另一回事了。

感恩科技的發明，讓我們老人家閒來無事與親友們「賴來賴去」，只是資訊爆炸，藍光危害，我的雙眼不再炯炯有神，甚至缺乏元氣，凡事有利即有弊吧！我也不能怨天尤人，要怪只怪自己缺乏意志力吧！到了七十以上這年紀，我深深感受雖然身衰體弱，但心態似乎依然正向光明。是的，態度決定高度，人老心不老，創造力與戰鬥力仍不輸年輕人，有時在人群中我看到一些年輕人老氣橫秋，暮氣深沉，但也會在人群中，看到老當益壯，充滿生命力的長者，讓我感到自己未來的前景依然充滿希望。

嘉義長庚醫院近日研發出台灣阿里山紅茶萃取物，可防止新冠病毒，我在家中平時也都喝紅茶，而且是一壺壺，一杯杯的喝，希望真能防止新冠病毒入侵與療效。我於民國九十四年底罹患了慢性骨髓性白血病，罹病之初，於北榮總抽了十次的骨髓，近幾年全靠「泰息安」藥物治療，控制良好。目前每三個月回診，邱宗傑主任對我而言是華佗再世，讓我重新燃起生命的希望，對餘生的每一天每一秒，我將以樂觀豁達的心態來面對。

筆於二〇二二年五月十七日　山城之夜

77 美麗人生

在網文中看到一則訊息，說多看美女可以長壽，男性凝視美女可以延壽四至五年，男性在凝視美女時可以觸動大腦滿足中樞神經。英國某醫學雜誌調查研究顯示，每日凝視美女十分鐘，效果等於三十分鐘的有氧運動，受調查的男性，血壓較低，降低心血管與中風的風險，脈搏跳動也較慢，是否真如此，我想我妻與女兒會持相反意見吧！

國人平均壽命是三萬天，也就是八十三歲，中醫認為人的天賦壽命，叫做「天年」，其具體數目是兩個「甲子」，亦即一百二十歲，不到六十歲都叫「夭」，過了一甲子叫「一壽」。什麼叫「折」呢？如按天年一百二十歲計算，打九折減十二歲，即是一百零八歲，這叫「折」。一百零八歲，可用一個漢字「茶」來表示，九十多歲與將近一百歲的兩個人相互約定，叫「相期以茶」希望能活到一百零八歲，即天年這個「折」，這叫「茶壽」，而天壽打個八折，即九十六歲叫「高壽」，由此民間便有個說法，即人們要「闖過七十三，越過八十四」。其實就是說，到了八十四歲，您活到了天年的七折，很多人沒過八十四歲這個檻兒，天年打個六折七十三歲，就是我們說虛歲七十三歲那個折，也是人生一定要闖過的重要門檻呢！算算我自己，是剛好跨過天年的六折，即虛歲七十三歲，正要勇敢邁向七折的八十四歲檻。

最近三個月來，我訪談了好幾位八、九十歲的長輩、長官，他們養生、健身的方法，與追求長壽的心態，讓我感到訝異，多數想法理念是順其自然，很少刻意改變自己的生活方式。有幾位九十好幾的師長，他們心胸達觀，耳聰目明，無論是信仰基督或是佛祖，徹底瞭解自己將何去何從，順風而來，踏浪而去，似乎明確知道自己帶著天命而來人間，最終也將完成使命歸天，依循大自然定律而行，沒有恐懼，似佛教徒的「預知時至」，也如徐志摩的〈再別康橋〉詩：「輕輕的我走了，正如我輕輕的來，我輕輕的招手，作別西天的雲彩，……悄悄的我走了，正如我悄悄的來，我揮一揮衣袖，不帶走一片雲彩。」一如此的坦蕩自然。

我這輩的摯友多已邁入孔子所謂的「七十而從心所欲，不逾矩」之年，在正向心態上，則是「人生七十才開始，八十滿滿是，九十不稀奇，百歲笑嘻嘻！」每與摯友英梯閒聚，他都是樂看人生，笑傲江湖，給我灌輸不少的正能量。常與炳均大老茶敘，他對生命堅持的意志力，也讓我獲得不少的啟發，心想既然每人都要走向人生終點，何不好好欣賞人生道路兩旁美麗的風景，早日放下，樂活當下，想像西天燦爛的彩霞，曾經有我們大鴻展翅的影子與孤鴻踏過的雪泥呢！

筆於二〇二二年五月二十六日　山城之夜

78 我的命運觀

因緣於苗栗市玉清宮獲得一本「地藏王菩薩靈驗事蹟」，封面明顯印著靈驗事蹟，地藏王菩薩大願有云：「眾生度盡，方證菩提，地獄不空，誓不成佛。」地藏王菩薩靈驗事蹟，書中闡明地藏王菩薩，以無比的願力度化眾生的事蹟，心然法師在其自序中即言：「靈感的存在，同如精神與物質的存在。」不過，靈感只屬精神上神秘的動力，並非精神上明顯的動力，因而，稍傾於科學的人士，對此無不疑難重重，斥為無稽之談。其實，責者自責，信者自信，世界三大宗教或崇拜多神的部落，也有頗多的靈感方法，值得實驗，關鍵端在科學人士，是否能做精密的探討與研究。

我家佛堂原設於一樓，後加蓋三、四樓當子女的書房與臥房，特騰出三樓之一間做為佛堂，供奉觀世音菩薩、伽藍菩薩及官氏祖先，後來又恭移至四樓，並請費師姐帶眾師兄師姊前來四樓新設佛堂誦經，我突聞有花香，費師姐謂有天人經過雲空，聽聞佛音而佇足聽賞，留下花香呢！過了些年因考慮四樓登高不便，乃請專人再前來恭移至一樓中庭，設為專用佛堂，除供奉觀世音菩薩、伽藍菩薩及官氏祖先牌位，我另在側恭設地藏王菩薩與財神爺，每日清晨燃香三炷，禮敬諸佛菩薩，迄今已數載，祈請保佑家人平安，幸福圓滿。

年輕時，請算命學家幫我算了命，也不太在乎自己命海中會有什麼起伏，年紀漸長，又好似命運的轉折與自己的努力，有些矛盾，不得不重新展閱幾位算命學家給我的天命排列，與所謂的「命裏有時終須有，命裏無時莫強求。」年輕時，長輩過世，似乎感覺符合大自然定律的新陳代謝與自然淘汰。如今自己參加親友多場人生告別式，而且亡者與自己年齡不會差太遠時，自己卻莫名的惶恐起來，感覺死亡已不再是與我漠不相關了。

我將過去數位算命學家幫我算命內涵綜合一下：一、有生之年多行善，文人更需積陰功。二、得意之年多積德，逢人說善行方便。三、全在靈山塔下修，卻病消災增高齡。四、可長壽，因有紫微星護持，八十歲前有小劫，度過可延壽至九十餘歲。五、命帶驛馬，年紀大時較奔波。宜從事寫作、演講、教職工作。六、性格屬傷官格，個性叛逆偏激，主觀且聰明，有內涵但易恃才傲物，有時會優柔寡斷。以上六點應是我命理中的優缺點，大部分要我能「恤寡憐孤清貧人，神光普照一路平。」「性命雙修可延伸，全憑善功作證明。」「定可益壽增高齡，災難臨頭甭求神。」

妻學佛多載，茹素多年，一路伴我行，無怨無悔，願與妻同度善行，佈大慈悲，誠心懺悔過去所造諸惡業，重新造福人群，修慧個人吧！

筆於二〇二二年五月二十七日　山城之夜

79 昨夜漫談

近幾個月來，幾番思考自己是否有真正活出自己、把握當下，畢竟自己經歷人生不少悲歡離合，如戲劇般的日子，無論是真似假或似假還真的生活，更體驗到世間人情冷暖，社會虛實的種種面向，最終才發現到健康勝過財富，真誠超越虛偽，在面對難以釋懷的問題時，最後我選擇了寬容與放下。

國際科技不斷進步，社會文化也不斷多元時，每個人的思維觀念卻不能停滯不前，我們老一代總難免會在過去式中享受回憶，年輕一代不得不在進行式中為生活拚搏激盪，如同大時代的巨輪要前轉不退轉，要進步不退步，這即是宇宙大自然的定律與人世紅塵間的進化吧！

最近幾個月來，過世了幾位同事與親朋，也參加了他們的告別儀式，只是習慣了行禮如儀，但我茫然不知他們將往何方，學佛的人告訴我說：眾生有六道輪迴，這一生做善就得善終，可以到善道去，即：「天道、人道、阿修羅道」，這一生作惡就到惡道去，即：「地獄道、惡鬼道、畜生道」。所以要認真行善與修行，念佛往生西方極樂世界，了脫生死，出離六道去成佛，再回人間廣度有緣眾生，雖然人人都有佛性，但慧根不同，觀念有異，天堂與地獄就各憑信仰與想法了。

我台灣省官姓宗親顧問團聯誼會成立屆滿四年，每任兩年，在疫情嚴峻下無法聚會改選，我只得在宗長們寄望下，繼續蟬聯，並遴請政鈞宗長擔任總幹事，俟疫情緩和後再聚聯誼。隨著社會變遷，現在宗親凝聚力已遠不如

龍影與洪安峰博士同往中國山東省棗莊學院講學，獲胡小林校長聘為終身榮譽中文教授。

早期，但我依然期望能將我官姓具專才，富熱忱的宗親菁英聚合，做新竹縣官姓宗親會之後盾，持續發揮它的組織功能，官姓雖是小姓宗族，但淵遠流長，歷史輝煌，青年才俊宗親應善用網路蒐集資訊，建立完整族譜以傳後世，也是我們這代耆老宗長們所期待薪傳已久的使命。

每當黃昏時分，與妻同往將軍山運動公園漫步時，心中總有不同的感受，許多的男女老少在操場上活動，我清楚看到自己不同世代的影子，從童年邁入老年，從早年的活蹦亂跳到今日的慢跑徐行，好似走入時光隧道，我的內心不斷吶喊「健康真好」，拍了幾張誇張照片，上傳給幾位友人分享，摯友洪安峰教授竟特別為我寫一首小詩「龍影虎拳」向許多國家詩友英譯轉傳分享，真讓我既慚愧復感恩啊！

筆於二〇二二年六月十日　山城之夜

80 老年規劃

今晚適逢梅雨傾盆，透過屋內的監視器，看到屋外的雨景如同萬馬奔騰，也如瀑布傾瀉。自民國六十七年端午節搬進此雙拼式別墅，如今已成四十多年的老屋，它承受了好多次的風雨雷電與天災地變，依然屹立保護我一家人。從我三十歲青年搬遷進來，迄今已是逾七十歲的老朽，在職場提前退休至今十餘年，雖無雲遊四海、浪跡天涯，但也依生涯規劃過自己想過的簡樸日子。

生養三名子女，皆已婚十餘年，在疫情嚴峻前，除了兒子媳婦經常會趁假日帶著我三個小孫子女回來，讓我兩老含飴弄孫，盡享天倫之樂外，女兒出閣後，即如潑出去的水，當然，現代年輕人有自己的家庭、工作與不同的思維，我們責任已了，也只能留下「爹娘想女長江水，女想爹娘擔竿長」的惦念。

我夫妻分別在公私教職退休後，經濟算小康，但在物價波動，退休金又逐漸減少及健康提前亮起紅燈，在不善理財及友人失信下，曾經負債度日，唯有出版二十本拙作抒發心靈，療癒神傷，雖花費不貲，但感精神食糧充實。

佛說：財為五家共有，即一、水，洪水沖毀；二、火，不慎而招致火災，或是因戰亂而毀失；三、官府，罰沒充公；四、盜賊，為賊偷竊，騙徒詐欺；五、敗家子，揮霍一空。財富乃是修財布施而得之果報，佛勸眾生，慈悲喜捨，廣種福田，即可修福修慧。

龍影之兒子俊良、媳婦思佳假日不忘帶著他們三位子女到各地參觀旅遊，增長見聞。

常在網路中看到許多人分享自己養老養生的經驗，固然寶貴，但每個人的情況與條件可能不同，只可供參考而已。以個人現況與規劃是：一、老身，定時走路健身，準時服藥，聽醫生叮嚀，注意飲食營養與衛生。二、老伴，照顧妻身心靈，當她終生護法，不惹生氣，不讓煩惱，配合作息。三、老本，維持基本生活條件品質，倘有節餘，則作公益功德，濟貧救苦。四、老友，在情義上，路遙知馬力，日久見人心；在理念上，疾風知勁草，板蕩識忠臣。五、老屋，書齋藏書豐，文物保留富，希我子孫承傳，不得變賣易主，以慰我心。

常言：「世事如棋局局新，人情似紙張張薄。」及「天有不測風雲，人有旦夕禍福。」每個人可以是救人濟世的菩薩，也可能是泥菩薩過江，自身難保，但相信只要如佛家所言：「口說好話、心想好意、身行好事。」平日行止受人尊敬，百年後雖無法流芳千古，但也不會遺臭萬年吧！

筆於二〇二二年六月十二日　山城之夜

九 浮生漫語篇

零距離

我說過
距離等同自在呼吸
等同涓涓細水長流

我也說過
海雖美，洶湧似戀人心
一躍如落深淵

而你聽不懂暗語
趨近趨近
終於，轟一聲
將夜空燒成木炭一般漆黑
痛吧，誰叫你不信
我是易燃物
火熱軀殼火的心
不適合零距離

~官愛

81 健康的期許

回顧民國九十四年底罹患「慢性骨髓性白血病」，每兩週得往北榮總一趟，連續抽了十次骨髓（骨髓穿刺術），從最初之基立克標靶治療至泰息安藥療，再至第三種新藥，效果時好時壞，精密檢查正常指數為四．五，每三個月精密檢查一回，豈料第三種新藥不適，精密檢查指數一度掉至二．八以下，主治醫師邱主任一度慌亂，不知所措，我建議是否改回第二種「泰息安」藥物，所幸改回泰息安後，精密檢查指數漸趨正常，至今已逾四．五標準值以上，白血球數量始終在八、九千標準數之間。這十多年來最是難為妻的心情，總是七上八下的，寢食難安，潛心虔誠學佛的她，給了我相當大的信心與力量。

年逾七十後，我心臟似乎也出現了毛病，經常有心悸緊張的病狀，六年前曾至醫院做核醫檢測心臟，擔心是否心臟血管缺氧，或栓塞情況，所幸無礙，但六年後，卻又常氣喘吁吁，近日再至同家醫院做超音波、X光、心電圖及核醫掃描等等檢查，心中隨時有動手術的準備，醫師只說因年紀漸長，器官有老化現象，功能自然受限，心血管如有更嚴重的缺氧，再做進一步的手術打算。

在網路中，許多專家有一致建議，想要健康長壽，首先要心理平衡，亦即要看開放下，保持愉快的心情，其次要有階段性之理想目標追求，近日在網文中發現中國河南省商邱縣窮鄉僻壤中，有一對打破世界紀錄年齡的夫妻，男一一九歲，女一一四歲，加起來二三三歲。家族有一〇七位子孫，其長壽之因竟然與葷素無關，而是夫妻和諧，子孫孝順，常保樂觀，令人羨慕。我們終其一生為生活在拼搏，為理想在奮鬥，卻很少為自身的健康在疼惜考量，一旦面對老病死時，即慌亂不知所措。

我承認自己曾為自己的至親好友之死亡而傷心哭泣，也曾為自己的委屈或病痛而暗自飲泣，漸漸的，在學佛的親友影響下，我學會了轉念，心態上用正向的態度面對，不抱怨、不生氣，世間萬物皆有定數，得到的並不一定是福，失去的也未必是禍，所謂「是福不是禍，是禍躲不過」「天有不測風雲，人有旦夕禍福」是也。

兒子媳婦平日忙著做餐飲生意，我三位唸國小的孫子女，自小即託親家母就近照顧，上下學均賴她接送，平時也讓她們補習才藝，舉凡跆拳、畫畫、音樂等均不落人後，尤以在疫情期間在家視訊學習，親家母又得兼任家教，甚是辛苦。前些日小孫振楷在校數學學習成績落後，上課又無法專注，家人很是擔心，我與妻只好用視訊鼓勵他，希望進步，重重有賞。我童年國小階段數學一直也沒好成績，因此將心比心，不太苛求孫子，況且也不需完全以學校成績來決定他的未來，就讓他健康快樂學習吧！只要不太混即可。

這兩日心血來潮，獨自驅車拜訪了兩位早期黨務前輩劉炳均主任與張光實視導，他們均已八十餘歲，經驗豐富，能力卓越，談起過去黨務，可算是一本活字典，令人佩服，只是物換星移，政黨輪替後，也只能換來一聲聲的嘆息，我也建議兩位前輩，何妨轉移心態，「觀念轉個彎，心胸會更寬」，把自己身體顧好，健康方為正道呢！

筆於二〇二二年七月四日　山城之夜

82 三人同緣

人是社會的動物，一生中總有幾位志同道合或情投意合的朋友與知交，論語述而篇孔子說：「三人行，必有我師焉。」人之交誼，亦師亦友，互相學習，桃園三結義劉關張，義薄雲天，豪氣干雲，是為鄰里稱頌的歷史人物。我是市井小民，也因緣和合，有因志趣相同而特別心靈契合的三人組，特別臚列如后：

台大中文所教授、中研院院士、崑曲大師、酒党党魁曾永義博士及前國立國父紀念館館長張瑞濱博士與我交情數十年，過去常至台北同開「六中全會」，即星期六中午的餐會。瑞濱退休前，出書你也可以華麗轉身中，曾大師於其序中特別提及，我是他與瑞濱共同的好友，因戲曲而結緣。

中國山東棗莊學院榮譽教授洪安峰博士、大詩人、演講家、預言家、香港中醫公會理事長及前台灣師大教育系教授、前中國文化大學師資培育中心主任李春芳先生，他倆透過我的介紹，一見如故，相談甚歡，偶而我到台北，三人會在和平東路或永和小兒餐廳小聚，縱談國事、天下事。

前中國國民黨苗栗縣黨部李錦松主委，忠黨愛國，政治理念正向及前全國劉姓宗親會榮譽副總會長劉炳均大老，社會經驗豐富，知無不言，言無不盡，尤其對苗栗政事皆付以無限的關注。我們同為苗栗縣黨部出身，有著「組織即家庭、同志如手足」的特別革命情感，我會主動地請教這兩位前輩長官，他們也以平等心相待，我受益良多。

前高檢署書記官有沐宗長對台灣官氏族譜編纂花費數十年，居功厥偉。中國廣東惠州益伸集團董事長官有文宗長熱心宗親事務，出錢出力，我們三人每在一起均以宗親會為念，成立台灣官姓宗親顧問團聯誼會已逾四年，定期或不定期聚會聯誼，凝聚台灣官姓精英宗親力量、並輔助新竹縣官姓宗親會正常發展。

前新竹縣政府主計處林英梯處長，與我中小學即是最佳玩伴，至今情甚手足，重情重義。徐禮雲校長社區大學客語講師，為人樂觀，桌球高手，過去幾年三人常於新竹縣政府桌球室切磋球技。我們有共同的興趣與理念，近年我因身體漸衰，雖退出球隊，但偶而相聚也為他倆加油，重溫過去球場球賽的喜悅。

前海巡署分隊長，苗栗縣政府工務處陳政壕中校，於民國七十六年我調任苗栗縣通霄鎮民眾服務社主任時，他來辦公室拜訪我，他第一句話就說與我是新竹同鄉，我看這位年輕帥哥，即問他對桌球有興趣否，他點點頭，即刻回去拿了已佈滿灰塵的球拍，我們在樓上打了幾場，勢均力敵，我成立丹心桌球隊後，即將他拉入球隊。保五總隊許坤田主秘也是我於民國七十六年調任通霄時，他時任通霄分局所長，知我愛打桌球，三人球技伯仲間，常於假日以球會友，後因工作關係各奔西東，但託手機通訊之便，偶會聯絡感情。民國九十三年春，我在故鄉芎林國中母校禮堂舉辦「亮麗人生」新書發表會，參與人員幾近兩百人，壕弟竟然幫我邀了劉森泉將軍與許坤田警官兩位高手前來捧場助陣，會後我辦了場桌球友誼賽，至今回憶無窮。

新竹縣芎林鄉鄉誌主編的我同學莊興惠校長，邀請芎林文藝工作者回鄉座談會，我受邀返鄉參加，認識同鄉前輩作家劉琦香女士，也透過孔昭順大師介紹，更深一層認識居住著名紙寮窩的她。不多時也認識同鄉秀湖村的知名新竹縣書畫作家劉守相先生，他為人熱忱，社會經驗豐富，文章常有禪機，其妻亦為書法家，夫唱婦隨，當我母校芎中校慶時，他從校友作品展覽區看到我拙作。琦香、他與我三人邂逅相聚後，鄉土情深，後來常相聚談文學，琦香說她多了兩位弟弟，我也鼓勵她與守相出書分享並為她與他的新書為文寫序。

前黃國苗黨部執行長原景良上校，一生忠黨報國，忠肝義膽，擔任苗栗縣軍事院校校友會理事長與苗栗縣各省同鄉會理事長，為人正派，口才流利，是群體領袖人物。正元西藥房負責人何賢春先生，前僑育國小及苗栗國中家長會長，前苗栗縣西藥公會理事長，我與他們倆人同屬虎年，乃義結金蘭，迄今近二十五年，近聞賢春兄之公子晨鋒高考藥劑師及格暨中國醫藥大學研究所第一名畢業，恭喜他後繼有人。

前建台高中教務主任，現建台高中退休教職人員協會理事長劉源順兄，個性溫文儒雅，為人處事圓融，不忮不求，無怨無悔，人緣極佳，我與他同為建台教師桌球隊及丹心桌球隊多年，他持顆粒球拍，我持平面球拍，大小球賽，我們都是最佳雙打搭檔，常有驚人之舉，拍下對方高手。前苗栗台電公司組長林梁盛先生是我前友緣苗栗桌球隊及丹心桌球隊總幹事，為人溫和，負責盡職，是我摯友徐清明老師伉儷國高中學生，尊師重道好榜樣，他與劉主任同是我引進之慈濟會員，相當富有大愛精神。

尚有許多摯友，原諒無法一一在此介紹，人能在一起互動是緣分，也是前世就寫好的劇本，人生百年，要珍惜好緣，下一世就很難有機會哦！

筆於二〇二二年七月七日　山城之夜

83 為政以德

我們的政府在藍天變綠地後，民主進步變帝王專制，愛民親民成了刮民脂民膏落袋的假象，我們小民感受不到一絲的溫暖與依賴，從早期經濟起飛的四小龍之首，一路至今掉至四小龍之末，教育沒了四維、五倫、八德。佛家所謂的「貪瞋痴慢疑」都在貪贓枉法的官場上，看得一清二楚。我們這出生於民國四、五十年代從熱血青年已到今日無奈無望的中老年，不知是否還要把我們的下一代或下下代帶到無底的深淵及無情的烽火中。

許多人都懷念民國四〇年代被譽為「經濟沙皇」的尹仲容，他是「台灣經濟工業之父」，病逝時手上沒有一張股票，連喪葬費都沒有。另外，像是「台灣科技教父」、「台灣經濟奇蹟推手」的李國鼎身後也上無片瓦、下無寸土。再如備受尊崇的前行政院長孫運璿中風後坐輪椅，公務車上下不便，他不要也不願申請換新。張繼正在任職經設會主委時，連私人、公家信函郵票都清楚分開。前台大校長孫震認為就是因為「政府首長這般清廉，才有台灣早期的各種成就。」名作家沈佩君在訪問孫震時，鉅細靡遺地敘述。再如前行政院長俞國華及前清華大學梅貽琦校長的清廉作風，常為後人所樂道也。

兩蔣時代，我們這一代也躬逢其盛，戒嚴有其必要的時空背景，解嚴也有其需要的民主契機，記得一九七五年四月五日蔣公的逝世，天雲變色，如同巨星殞落。一九八八年一月十三日經國先生的逝世，全國如喪考妣，萬民同悲，我們深深感受到似嚴父慈母的威嚴與慈愛。如今已從君不君、臣不臣的政治風氣延續到父不父、子不子的社會現象，讓多數人的感受則是，生活在不安全感及不安定性的狀態中，舊唐書・魏徵傳中說：

「以銅為鏡，可以正衣冠，以史為鏡，可以知興替，以人為鏡，可以明得失。」令人印象深刻。今之為政者的學識與能力，真的無法經過淬鍊與考驗嗎？

中國共產黨領導人鄧小平的名言：「不管黑貓白貓，能捉到老鼠就是好貓」無論計畫經濟還是市場經濟，與政治制度無關，我們善良百姓的普世價值，只要能福國利民，不管黨別派系，如論語・顏淵篇：「君子之德，風，小人之德，草；草上之風，必偃。」比喻在上位者，以德化民，自然會受百姓的擁戴支持。

筆於二〇二二年七月二十六日　山城之夜

84 我聞你問

台灣官姓宗親顧問團第三屆第一次聯誼會於民國一一一年八月六日上午在新竹縣芎林鄉「竹林園餐廳」圓滿召開與閉幕，席開四桌，來自全台灣各地之精英顧問前來分享與宗親們相處之經驗。此聯誼會於民國一〇六年六月在台北市普立邦法律事務所籌備召開，參加者十八人，皆由官家精英，包括前警政署副署長官政哲宗長、中國惠州益伸集團董事長官有文宗長、前國立中山大學應用數學系主任官大智宗長、前軍事主任檢察官官振忠宗長、前實踐大學副校長官政能宗長、知名書畫家官大欽宗長、前台南市私立光華女中校長官茂良宗長及理財專家官大煊宗長等等組織而成，純屬聯誼性質，推舉我個人為會長，一屆兩年，個人不才，已連續第三屆為顧問團成員奔走服務。

因適逢這兩年的疫情嚴峻，無法定期團聚，乃以書面與顧問們互動，這一屆（第三屆）顧問近四十人，除請官有文宗長擔任榮譽會長外，另設一位首席副會長由官大智教授擔任，三位副會長按輩份大小，由官鎮豐宗長、官大煊宗長、官威政宗長擔任。並設兩位特別顧問，分別由官有沐、官有棟兩位宗長擔任。特請官政鈞宗長擔綱總幹事，官建安宗長與官振忠宗長為副總幹事，均為義務職。原則每半年聚會一次，性質較特殊的是，除了各區顧問心得分享外，我們特別安排年輕具專業的佳岫顧問做「專題講座」，每次的歡聚有紀念品可領，有美食可嚐，然後大合照，氣氛融洽，偶而幾首山歌，氣氛自然溫馨。當然，對官氏的源流史，我們都會宣導，對僅有立案的新竹縣官姓宗親會我們會協助，宗親會之有河理事長、能正總幹事，皆配合邀請入會，並作工作分享。過去劉、關、張，桃園三結義，目前台灣劉、張兩姓人口之眾列入前十名，而我官姓人口僅約兩萬人，排名較後，來源有「上官」改姓官，有避唐黃巢之亂，從「關」姓改姓官，可謂源流多系，但一致的忠義精神，始終為人所讚許。

目前我們政府政策似乎很不明確，兩岸關係劍拔弩張，對外依賴強權，對內欺壓良民，久之，宗族情感已趨於冷漠麻痺，自主性強，各社團也很難發揮應有功能，整體觀之，似無政府狀態，國際紛爭不斷，國內分裂不已，真是危機頻頻，從我們手機群組的互動冷漠及真假訊息的難辨，與詐騙集團之難阻，更顯示政府無能及百姓無奈可言。早離國父 孫中山先生之政府萬能理想，愈來愈遠，至於世界大同的目標，更是遙不可及了。

我台灣官姓宗親顧問團顧問們，除了有良好的智能經驗，凝聚服務的正能量外，更希望不忘初衷，為宗親及社會貢獻心智，出錢出力，作為自家宗親高度之榜樣，更期望提升固有傳統文化水準，並恢復社會倫理道德，方為我們成立聯誼會之本意。

筆於二〇二二年八月十日　於山城之夜

85 命運的抉擇

記得民國七十年間，正逢縣長選舉，我服務於中國國民黨苗栗縣黨部三組（文宣組），組長古鎮清派我隨行採訪，當時我們縣黨部與競選總部協定，到某鄉鎮訪問時，一定得先至鄉鎮黨部會合，聽取鄉鎮黨部主任之報告與安排訪問路線與對象。某日，安排至頭份鎮（市）訪問，我騎機車準時至頭份區黨部，等了近半個多小時，不見提名的謝及總部人員前來會合，我問當時的頭份區黨部張錦漢主任，他說謝與總部人員現正在珊珠湖農會拜訪呢！我一聽心中頗不是滋味。

在那個年代，我們黨與黨工尚有一點威權，我只是三十出頭的小伙子，一切遵照組織的使命，我打了電話到那農會請謝接電話，我告知「謝金汀同志，您在當選縣長之前，一定得配合黨的安排，否則我們難以負責，請半個小時內回到頭份區黨部會合研商。」果真謝很快趕回區黨部辦公室，同行的尚有立法院劉闊才院長，然後依照我們協商的路線訪問中立對象。

謝指示當時的公館鄉民代表會鄧副主席，要天天到我家接我至競選總部，然後共同至各鄉鎮訪問，只是我搭了一、兩次鄧副主席的車後，我覺得車速太快，似賽車一般疾速，我說請別再來接我，我會騎機車至指定的鄉鎮黨部辦公室會合。記得當年謝縣長要我幫他設計競選標語，我給的口號是：「訪問村里二五七，勤儉建縣一等一。」他甚是滿意，當我於民國七十二年底派至銅鑼鄉黨部主任後，謝縣長曾來電希望我到苗栗縣政府任他機要祕書，我婉謝了他，但當家父當選新竹縣農會理事，在家席開十桌，我請他當天能賞光時，他答應了，當日中午，新竹地方政要幾乎都到，由當時地方大老台灣首任省議員陳錦相先生主持，餐會進行一半，謝縣長竟然真的守信前來芎林偏鄉寒舍，向我父親祝賀，我很是感恩！在他七十回憶錄中有一句話令我至今難忘：「建設留給地方，道德留給子孫。」

多年前我從中國九寨溝旅遊回來，翌日中午參加義兄弟湯猛雄老師在聞名之造橋鄉香格里拉樂園的娶兒媳婚宴，同桌朋友告訴我，謝金汀縣長有來喔！你何不去打個招呼，朋友引導我到多年不見的謝縣長桌席，只見謝縣長坐輪椅，人蒼老消瘦，我幾乎認不出來，謝縣長看到我，只呆視著我，當然不會認得我這號小人物，但當我掏出名片給他時，他看了看突然興奮說了一句：「啊！你是老官嘛！」，只是後來他過世時，我不知情，遺憾未能送他一程，謝縣長是我敬愛的一位有為有守的政治人物。

現任立法委員陳超明先生則是我高中同班同學，他從政之路起起伏伏，我不便置喙。民國八十三年，我從台北某高中主任調回苗栗建台高中任教，並於民國八十四年在家席開十桌，發表孤鴻映雪拙作，邀請時任省議員的陳超明同學及新竹同鄉的苗栗縣黨部主委傅忠雄，陳要我辭去教職當他辦事處主任，我婉辭了。傅主委於民國八十二年也曾打電話至台北給我，要我回苗栗縣黨部幫他，我也婉謝了他，對這幾位同學與長官的厚愛，我只有感念在心，如今已逾七旬，從教育界退休下來十年，以一介布衣，效法先賢，也未超凡入聖，依然以筆耕為樂，只希望能修心養性，邁向人生最美的旅程吧！

筆於二〇二二年八月二十日　山城之夜

86 生命的鬥士

初識黃慶霖校長是在民國七十八年，我從獅潭鄉黨部主任調至通霄鎮黨部主任，某日我與苗栗縣黨部覃漢錦視導去烏眉國小拜會黃校長，由於我們三人都有桌球的興趣，黃校長所任職的學校，培養出不少桌球高手，為校也為縣爭光。黃校長人高清癯，個性溫良恭儉讓，交往多年，似乎沒看過他發脾氣。他雖長我十四歲，但與覃視導一般，我們情如兄弟，義似摯友。我們是「以桌球會友，以友誼輔仁。」他從事桌球培訓工作近三十載，培養出傑出選手無數，較有名氣的如政大副教授朱昌勇，常在國際大賽做球評，還有在中央體委會任職的余國政等等。

黃校長常強調，桌球是大眾化，極普遍的運動，學打桌球的孩子，不容易變壞，打桌球的年齡，往往可達八、九十歲，有益身心靈健康，非常值得推廣。黃校長多才多藝，喜好音樂、桌球、書法、登山與國外旅遊。在友人鼓勵下，他於民國八十九年出版了萬里遊蹤，我為他寫贈序。民國九十年，他再出版了真情回顧被譽為典型的旅遊作家，有過之而無不及。

黃校長夫人韋能球遠從中國廣西嫁來台灣，除了是黃校長最佳的賢妻輔助，更人如其名「能球」，在黃校長指導下，短短幾年，成了縣內一名桌球高手，我們丹心兄弟桌球俱樂部一般球員皆非其對手呢！多年來，黃校長鶼鰈情深，夫唱婦隨，令人欽羨，閒暇時，夫妻於附近菜園種種有機蔬菜，有收成即分送球友，也建立了良好的人際關係。

民國九十四年間，我不幸罹患「慢性骨髓性白血病」，俗稱的血液腫瘤，即所謂的「血癌」，黃校長聽聞覃漢錦視導憂心地說，「患了這種病，最多只能再活五年。」拜北榮總邱宗傑主任的妙手回春及新藥泰息安所賜，感恩已度過了十七載。今年原準備辭退「台灣官姓宗親顧問團聯誼會會長」之職，並於明春完成第二十一本拙作後，準備好好退休修身養性，以愉悅心度過滿天彩霞的暮年。只是我兩位堂弟有文與有棟不贊成我太早放下，說什麼上蒼還要我承擔重要使命，如今我病魔纏身，也只能秉持理念與意志力來規劃自己餘生了。

今年有幸蒙故鄉新竹縣文化局安排百年藝文耆宿作品典集，請新竹縣兩河文化協會 黎錦昌校長伉儷遠來採訪我，我並提供十餘本代表性著作給文化局典藏，受訪中有兩位是已九十七歲的古慶瑞校長與九十六歲之孔昭順大師。目前共蒐集採訪二十四位年長藝文人士，而我則屬於中生代的生活作家，師長前輩依然是我奮鬥的榜樣，我年甫逾七旬，在諸多前輩前，又何敢言老。在苗栗山城我所敬仰逾九旬之前輩如江增祥校長、劉炳均主委及逾八旬的黃慶霖校長、張捷茂校長、范發榮主任、李秀蘭老師、謝朝聰教練、周博一主任等等皆是我學習的指標，在親友的千呼萬喚下，我似乎不能藉口停下腳步呢！

筆於二〇二二年八月三十一日 山城之夜

87 我的藍寶石婚

我與妻結婚今年正好是四十五年，即所謂的「藍寶石婚」，記得四十年的「紅寶石婚」時，為給妻一個驚喜，就到公館鄉請一位相館專業攝影名家來家中，為我夫妻拍了合照，並選了兩張滿意的加框高高掛在客廳牆上，與民國一〇二年在馬來西亞怡保市參加兩百多位世界詩人大會的盛典上，榮獲美國加州世界藝術文化學院楊院長允達頒授榮譽文學博士學位證書，當年台灣榮獲此榮譽博士的除了我，尚有一位名詩人林明理小姐，回台灣後特別穿上博士服與妻合照並放大加框一張，掛在中客廳牆上，讓妻分享我獲得的殊榮。

與妻姻緣，是民國六十四年在馬祖服役，我時任政治教官，由苗栗縣君毅中學任教國文的吳萬保女老師媒介，與之書信往來，即所謂的「筆友」，退伍回鄉，父親在看過她後，覺得她「柯淑靜」賢淑具氣質，又是國中國文教師，很快把我這門親事訂了，主要深怕我花心不定，其實我們的婚事也非完全傳統的「父母之命，媒妁之言」，在交往書信中也少相濡以沫。她師大國文系畢，我東吳中文系畢，在談論文學時，感覺她文采比我好，國學與佛學基礎也比我厚實。婚後在她輔佐下，我文學基礎始能漸漸進步，寫作興趣也就自然養成，如果我有一點點成就，全是她的努力與功勞吧！

在詩三百、邶風、擊鼓中有一段話寫道：「死生契闊，與子成說；執子之手，與子偕老。」如用白描，意思則是「無論生死離合有多麼遙遠，我都跟妳約定好了，要牽妳的手一起到老。」真如金代詩人元好問的〈摸魚兒、雁丘詞〉：「問世間，情為何物，直教生死相許……。」也如唐 白居易 長恨歌末句：「在天願作比翼鳥，在地願為連理枝，天長地久有時盡，此恨綿綿無絕期。」敘述唐玄宗與楊貴妃的愛情悲劇。古今中外類此感人的愛情故事不勝枚舉，記得家母生前曾告訴我，她的外公以前是地方「保正」，即現在的村里長，夫妻非常恩愛，鄰里皆知，當她外婆死後，她外公承受不了悲慟與哀傷，五日後也隨之而去，同時出殯，同葬一處，在地方上轟動一時，傳頌出來，在我一本散文「親恩情深」中，我曾敘述過。

我與妻的愛情故事，冥冥中有其因緣，雖無轟轟烈烈可載，但凡事互相尊重，相互扶持，但她確實也是位賢妻良母，惠我極多，經濟上，是我家庭支柱。我極大弱點，即不懂理財，不會量入為出，不知樽節，與妻結婚四十五年來，她一本本的收支帳簿，毫不含糊，記載甚明，省吃儉用，且生活樸實，歡喜助人。進入慈濟多年，自然表現慈眉善目笑臉迎人，不似我年輕時之嫉惡如仇，怒目金剛，在她長期薰染佛法後，也受她的耳濡目染，我現在多少也變得寬容與慈悲呢！無怪乎有朋友對我說「你家中有一尊活菩薩！」我終於相信了，感恩吾妻。

筆於二〇二二年九月一日　山城之夜

88 我的摯友之一

在孟子・公孫丑上有句話：「自反而縮，雖千萬人吾往矣！自反而不縮，雖褐寬博，吾不惴焉。」反省自己覺得自己理直，縱然面對千萬人，我也勇往直前，反省自己覺得理虧，那麼即使面對普通百姓，我也不敢恐嚇他，也就是做人要站在正義道德這方。

我與賢春、景良結拜山城義兄弟二十五年，景良他政戰學校正科班第十八期出身，與我同屬虎年，我稍長他幾個月，所以他稱我為兄，他則謙稱為弟。我們祖籍同屬中國山西省，他在太原我在解縣，他三十八歲升上校，四十二歲退休，在軍旅二十載，黨部十四載，與我在黨部及教育界年資相似，服務近三十五載，我們同住苗栗山城，理念相同，價值觀也相近，經常來木鐸山寒舍，我也以「夜半客來茶當酒」，與他促膝長談。他職業軍人出身，我黨工出身，交友能如此長久，即能「誠信」與「忠義」而已矣！他夫人蘭英與我內人淑靜情同姊妹，他兩女與我兩女中小學皆同學也是好友，一切皆是善緣所起。如今我們皆已是含飴弄孫之齡，更顯示他的鐵漢柔情性格，人生走進暮年，相交是滿天下，知音也無幾人，除了一些使命與虛名，我們瞭解最後也將是一場空，看開放下是我們的目標，最擔憂的也是我們另一半，除了摯友，家人都是我們最真切的寄託與期望。

景良給我許多正能量的勇氣，我們雖已退休多年，但時時以黨國為念，那股正義與正氣，常震懾人心，頗有魯迅所寫的「橫眉冷對千夫指，俯首甘為孺子牛」的性格。兩年多前，我不幸車禍，胸部筋骨撕裂兩根，景良得悉，即刻趕往寒舍，開車載送我至附近醫院急診，並陪同至深夜方歸，兄弟情義真心，令人感恩也感動。我與景良皆曾在鬼門關繞了一圈又回來，或許真的天地有情，人間有愛，上蒼也希望我們能為社會蒼生多付出一點使命與功德吧！我們既有刻骨銘心的榮譽與經歷，一定會珍惜與感恩彼此的友誼。

常言道：「君子之交淡如水，小人之交甜如蜜。」往往真正的友情，是雪中送炭多，錦上添花少，是有福同享，也要有難同當。春秋戰國時，俞伯牙與鍾子期是一對千古傳誦的至友典範，伯牙善撫琴，子期最善辨音，他們是高山流水覓知音的情誼，因為聽懂對方的琴音，才能成為一輩子的知己，不因職業身分階級而有差異。尤其在今生今世，「世事如棋局局新，人情似紙張張薄。」真正的知己的確難尋。

星雲大師曾說；「有緣多聚聚，無緣隨風去。」珍惜現在所擁有的友誼，如果有任何不如意，我們會以包容的心，讓它隨風飄去吧！

筆於二〇二三年九月四日　山城之夜

89 我的摯友之二

我與英梯之友緣，可從小學敘述至今，近一甲子，可謂「雖無刎頸交，但有忘機友」之緣，從同學、同鄉至好友、摯友，我們未曾斷連。中小學時代在暗溝摸蛤抓蝦，在教室扳手腕，在操場摔角，到了出社會打桌球，似乎有太多的回憶，值得記載。他從十五歲初中畢業即在基隆警察派出所當工友，勤讀苦念，到五十歲左右獲得淡江研究所碩士，退休時是新竹縣政府 主計室十一職等主任（處長），桌球從旁觀者到一介高手，那種堅忍毅力，大家有目共睹。

初中時代，我們兩人共同在新竹縣頭前溪游泳救起了溺水的溫姓同學。進入社會，他在南港輪胎有限公司上班五年，在數百員工中，榮獲扳手腕冠軍，在台北新開幕之百貨公司一次扳手腕挑戰賽中也榮獲亞軍。我兩人參加第一屆苗協盃桌球賽榮獲雙打季軍。年輕時他當過軍醫、警察及公務人員，個性剛直，為人海派，是部屬的好主管，更是同事的好朋友，毫無官僚氣息，就像你鄰居的大哥哥、好叔叔呢！

過去我寫的一本書心之航內有「靈異篇」，列了十幾則我見聞的鬼故事，其中一則敘述我於民國六十四年在馬祖服役時，獨住一碉堡，晚間發生靈異事件，有人不相信，但他說他可以證實我所言，因為他當年在馬祖擔任醫官，正要移防台灣，某部隊有一位財務官因賭博輸光部隊關餉，害怕判軍法，自殺在那碉堡，他去驗屍的，他相信我筆寫我口，而且是親身經歷之事，如果捏造不實，著作也將成為虛假造作，會變成沒有誠信也沒有意義的作品。

十年前我先後僥倖榮獲中國榮譽教授與美國榮譽博士時，他親自到桃機為我接機，並安排住他府上。翌日又親自開車送我回苗，幾次之新書發表會，他除了當總接待，還出手大方贊助，讓我寫作避免了許多後顧之憂，即如林語堂在哈佛大學唸博士，胡適在北大教書，林語堂向胡適借支一千美元，胡適假學校之名匯了一千美元，約定學成歸國一定要到北大教書。後林語堂又要胡適向北大借支一千美元，林語堂學成後，真的到北大教書，有次向校長蔣夢麟提起借款二千美元之事，蔣夢麟說哪有這回事，方知是胡適以自己的錢去贊助，胡適資助了許多文人與販夫走卒，英梯也有類似胡適謙謙君子風格與人文底蘊呢！

多年前，我在一本拙作裡對英梯之為人，有作過一番敘述，許多文友也希望能透過我的群組來認識他，我們之間的互「賴」多是「有讀有回」，不似許多人習於「已讀不回」，難以更深刻的互動。自從有了智慧型手機後，我們的資訊多了，也更增長了我們知識與智慧，畢竟彼此相識相知需要緣分，更需要建立彼此的誠信與真摯，我們皆已邁入七十，已走過人生一大半路程，深信英梯與我會攜手併肩，同行人生路，因為我們一直有共同理念與理想，不是嗎？

筆於二〇二二年九月六日　山城之夜

90 談格局高低

在中秋節過後第二天，新聞報導梅花中颱將近台灣，我隨手看了一段博閎兄傳來的網文：「愚者互踩，智者互抬。」敘述上等人幫人，中等人擠人，下等人踩人之事理，頗有同感，所謂「一種米養百樣人」，簡單的分析，就是聰明人與愚笨人，分別在格局高低而已。聰明的人，彼此幫助，路會越走越寬，而愚笨的人，互相拆台，路會越走越窄，最終就是損人不利己。

智者互抬，互相成就，俗言：「一個好漢三個幫，一個籬笆三個樁。」人與人間，需團結合作，凝聚心力，才能走得更遠，站得更高，曾國藩曾說：「謀大事者，首重格局。」境界高的人，能夠彼此欣賞，激發潛能，進而相互扶持，相輔相成，才能實現共贏的結果。中國近代紅頂商人胡雪巖正是如此，他的商業傳奇，人人皆知，他之所以成功，正因為別人有困難時，他會竭盡所能幫忙，所以當他有困難時，他人自然會全心全力幫助他。這世界上所有成功之例，皆是建立在互相誠信與互相幫忙的基礎上，不可能靠個人單打獨鬥而有偉大的成就。現代科技、企業即是集團隊的智慧與能力，才有驚人的果實。

愚者互踩，則必寸步難行，禪宗六祖慧能曾言：「下下人有上上智，上上人有沒意智。」人生境界不在名位的高低，而在眼界的高低，格局越低的人，越是喜歡互相為難，攻訐對方，互相拆台，最終一無所獲，愚蠢的人，為自己築起高籬，堵住別人前行道路，卻也無形中阻斷自己之後路。憶及民國九十五年間，我在臨鄉購買一塊農地，仲介公司負責人在我簽下契約前，臉色為難地說：「官先生，要不要再考慮一下，這塊農地只有一百二十餘坪，但要捐出二十坪做為道路，否則有十幾戶人家無法通行。」我毫不猶豫，簽下契約，提供二十坪作為公共道路。十二年後，我因經濟問題，欲急售此地，我鄉間僻野的靜園，竟因為道路通暢，得以不錯的價格售出，我想這也是公益行善，利人利己的個人案例吧！

格局大小影響人不小，華嚴經中有句話：「唯心所現，唯識所變。」智者格局高，深知眾人拾柴火焰高，於是互相搭橋；愚者格局低，只能看到眼前的利益，於是互相拆台，形成強者互相幫忙，彼此更強，弱者互相分化，彼此更弱。目前的國際關係與國內情勢，不就是如此，俗語說：「度己是一種能力，度人是一種格局。」如同論語・庸也篇：「己欲立而立人，己欲達而達人。」及論語・衛靈公篇：「己所不欲，勿施於人。」即是最好的立論。

中秋之前，摯友啟瑞兄在其群組裡傳來一篇好文「莫愁前路無知己，交友當學蘇東坡。」因為他的君子之交其淡如水，他的敵友之交互敬互重，他的患難之交知恩圖報，而他的酒肉之交真性情也。蘇東坡幾次被貶，心中自然鬱卒難過，但仍有大格局來平衡與表達他虛懷若谷的心態，古今詩文家，

台中市文藝界友人(左二至右：啓瑞詩人、毛博士、商吟詩人、李峰大師)蒞臨木鐸山訪龍影。

讓我個人欣賞的固然不少，但最令我欽佩推崇的即是北宋大文豪蘇東坡與近代的胡適了。

今年中秋夜，山城苗栗的月兒分外明亮，與妻在庭園共賞明月，秋旺兄傳來他在陽台似李白「舉杯邀明月，對影成三人」的照片，更有洪教授即景傳來一首「中秋心潮」詩及商吟「最美的醉‧中秋月詠」詩，讓我在度過今年的中秋夜後，心境會更廣，格局也能更高些。

筆於二〇二二年九月十四日

山城之雨

十　承擔放下篇

山居冥想

山林之葉綠透了
鳥鳴聲掩蓋噪音
不屬於桃花源
台三線上的蹊徑
卸下紅塵的思念
只想探訪自然的真相

陌生的面容
卻是熟悉的聲音
人生的聚合
總在磁場中相吸
文學開啓了話匣
歌聲融合了情誼
遙遠的故事一條條迸出
甜蜜的回憶摻進了
痛苦的成長

催促旅人
歸去　不如歸去是
圓圓的桌
緣緣的人

～龍影

91 我姓為官

回顧我於民國五十九年考入東吳大學中文系當新鮮人，某日上「中國文學史」，申丙教授突然在黑板上寫了官有位我的姓名，我當時極是訝異，接著教授以非常讚美這姓名的語氣，要我到講台前，面對近一百二十位同學講述官姓的淵源，當時我只能一知半解地帶過去。畢業出了社會工作也遇到不少人，包括新聞記者皆好奇也羡慕地問我，想了解官姓的來源出處，這開始讓我在二十八歲時與幾位熱心的前輩宗親，有發起籌組新竹縣官姓宗親會的動機，也終於在民國七十年經新竹縣政府社會局立案通過，開始正式運作至今。

記得當時首任理事長是官張清（亦稱祥清叔公），總幹事官有福（堂兄），前前後後也換了幾位理事長與總幹事，正逢近幾年新冠疫情，直至去年五月八日改選，當前第十一屆理事長為官有河宗長，總幹事為官能正宗長，正積極籌畫運作中。

五年前，我與台灣各地官姓精英代表十八人，於台北市 官振忠宗長的普立邦法律事務所籌組台灣官姓宗親顧問團聯誼會，並一致推舉我為會長，一任兩年，已連任至第三屆。首屆總幹事為官有波宗長，第二屆由我會長兼任，第三屆則協請官政鈞宗長擔任，雖原訂有組織章程，但仍以半年一次之顧問聯誼為主要，目前會員四十人，人數雖少，組織分明，設有榮譽會長兩人，首席副會長一人，副會長三人，特別顧問兩人，財務一人，其餘為會員顧問。聯誼會中有專題演講，及各區顧問心得分享活動，充實而愉快。當然，對我們「官」姓源由仍會加強宣導，也會請特別顧問，已高齡九十的前高檢署書記官官有沐宗長為大家鼓勵與說明編修首部台灣官氏族譜之經過。

據資料顯示，我官姓的起源多元而有序，歸納起來主要有三大類：第一大類源於黃帝（姬姓）後裔，第二大類源於他族改姓，第三大類源於少數民族基因的流入。據公元二〇〇六年統計資料，官姓是當代中國排序第二百五十五的姓氏，人口約二十八萬人，在台灣據內政部戶政司二〇一〇年統計，人口一萬零九百零七人，姓氏排序為一百一十八，總體的人數雖不多，但也不算是少數民族吧！

至於我官姓始祖、近祖與遠祖為何人，依據資料考證，關氏傳承至唐朝，有解縣（今山西省運城縣）人關膺，於黃巢起義時避居福建寧化一帶，改為同音的官姓，其後分布在福建、廣東一帶，相傳至今關膺為官姓「始祖」。

依據二〇一八年四月十七日及同年七月二十九日中國中央電視台記者訪問報導，山西省運城縣之關羽故里解州縣常平村，追溯關羽上祖，據載確為關龍逄，而關龍逄之淵源先祖即為黃帝，關龍逄是夏朝暴君夏桀之同族，因勸諫夏帝，觸怒了桀，結果被囚禁並殘酷地殺害，關龍逄是為官姓「近祖」。

黃帝為中國古代人物，被稱為中華民族的共同祖先，受到全世界華人的尊崇與敬仰，也是中國宗族文化重要典型的指標性人物。黃帝有子二十五人，得姓者十四，為十二姓，其首位為姬，漢族官姓出自姬姓及其分支，故官姓是正統的黃帝後裔，奉黃帝為得姓「遠祖」。

在我台灣官姓宗親顧問團聯誼會籌劃下，近五年來感恩在榮譽會長官有文協助下，我宗親顧問訪問團，曾分別至廣東原鄉祭祖並尋根思源，也感謝在顧問官佳岫協助下，我率顧問訪問團暨眷屬二十人至馬來西亞與東西馬官姓宗親會宗親們作交流聯誼與座談，收穫甚豐，企望我台灣官姓子孫，無論男女老少皆能同心承傳與發揚我官姓的優良傳統與使命。

筆於二〇二二年九月十五日

山城之夜

龍影侄孫官振傑(中)榮升至國立台灣師大助理教授，龍影以台灣官姓宗親顧問團聯誼會會長名義贈送禮品致賀。

92 敦親睦鄰

在國內，地狹人稠、寸土寸金，無論是住社區或國宅華屋，如果運氣不佳，遇到與理念不同、不講道理之人為鄰，也會讓人感到難過與無奈。

民國一〇四年間，因屋前我私有土地道路問題，與隔壁一鄰居鬧得不太愉快，調解不成而上法庭，對方仗著經濟不錯，請了律師，這位女律師之夫又是主任檢察官，我想這原本是很單純的民事糾紛，卻因為女主人的顢頇無理，鬧得鄰居雞犬不寧，經判決書下來，我們得依法容忍對方通行，我們尊重法律，不再上訴，只是對方受人指點，得寸進尺，更顯跋扈，此鄰居與社區住家不睦，所有社區活動公益，一概不理，只坐享其成。

我們社區在王里長協助下，成立守望相助，妻加入環保志工隊，定時清掃美化社區，甚至獲得苗栗市美化綠化之冠，王里長代表接受邱市長頒獎，我們社區居民引以為榮，我也以自辦的龍影期刊刊登，希望榮譽共享，唯獨這戶鄰居，不予合作，里長、代表之關切及調解委員會之調解，她皆採強硬不理態度，真是頭痛人物。當初這戶原是一位醫生所住，大家相處不錯，只因他負債法拍，被這位鄰居搶先便宜得標，我們這二十戶的小社區，開始起了風波，在我前本著作中有篇「私法司法」已記載甚明，瞭解實情者，皆搖頭歎息，真是「千金買屋，萬金買鄰」啊！

最近，在王里長反映市公所工務處，爭取到社區鋪設柏油道路，算是政府德政之一，但有水泥地則依法不鋪，我們理解法律，也沒意見，但看自己屋前私有土地道路斑駁難看，我們只好自掏腰包，花了六萬多元重新鋪設，豈料鄰居那位女主人又興風作浪，阻擋我工人施工，並報警前來以仗其聲勢，恰巧我到鄰鄉辦事，出門前我將民國一〇四年地方法院判決書交給妻，並詳細再說明「這是我們私有地，判決『容忍』讓對方通行」，對方卻惡人先告狀報警，當兩位警察上來社區關心時，看過我們的判決書，瞭解狀況後，即與對方溝通說明，也向那位女主人說：「人家私有地自費鋪設水泥道路，無異議讓妳多部小客車小卡車通行，妳應該感恩。」她卻一再找碴，實在令人不恥，總算在警察依法溝通下，鋪設工程方勉強順利進行。

最近與妻在玉清宮拜拜後，看到宮內擺設許多善書供人取閱，我好奇地將清代紀曉嵐寫的閱微草堂及另外談因果之書共三本請回家展閱，妻是佛教徒非常瞭解三世因果，所謂「欲知前世因，今生受者是，預知未來果，今生做者是。」我們仍以包容心待之，也以「忍一時風平浪靜，退一步海闊天空」隱忍著對方。

過去對方檢舉我書齋是違章建築，我即到稅捐處依法申請，每年繳交四千餘元房屋稅，不久前，對方也擴大加蓋違章車庫，我們包容對方，未予以檢舉報復，但是因果卻不放過對方，對方買了許多鐵皮與鋼架，其父子自行搭蓋違章建築。某日看到男主人拄著兩根拐杖，從我家門經過，我還關切地問對方，對方說因搭建車棚，從屋頂摔下，跌傷兩腿，只得拄杖開車去醫院診治，或許這即是因果現前吧！

我在屋前書齋外牆，請人以壓克力印著兩句標語；「你敦親我睦鄰，木鐸山大家庭」及「你謙卑我誠意，社區一團和氣」已多年，我們用心良苦，仍難以教化改變對方的態度。記得清　張廷玉有首息訟詩，這在各鄉鎮市調解委員會多會以醒目大字掛著，希望能藉此平息紛爭：「千里修書只為牆，讓他三尺又何妨，萬里長城今猶在，不見當年秦始皇。」我們是做到了，但是對某些人而言，只視為當然爾，遑論尊重法理情呢！

筆於二〇二二年十月二日　山城之夜

93 詩文會友

唐杜甫的〈贈衛八處士〉詩：「人生不相見，動如參與商，今夕復何夕，共此燈燭光！少壯能幾時，鬢髮各已蒼，訪舊半為鬼，驚呼熱中腸。」

九月十六日，木鐸山社區柏油道路剛鋪設好幾天，摯友吳啟瑞警界名詩人來電，他剛與兩位友人，從台北南下，會路經苗栗寒舍一敘。我熱忱地請他們一定要留下來吃晚餐，與妻匆忙準備晚膳後，啟瑞兄先抵達寒舍，十餘分鐘後，他兩位友人先後抵達。在用餐時一陣寒暄下，方了解他們三人均居住台中，但與苗栗皆有相當的因緣。除了啟瑞兄三進三出在苗栗縣警察局服務外，李峰書法大師原籍苗栗縣銅鑼鄉人，民國六十九年即遷居台中，迄今已逾四十載，對故鄉仍有很深的懷念。毛金素博士原在教育部、苗栗縣教育局及國小服務，長達二十餘載，其名如雷貫耳，與妻同是慈濟教聯會教師，可說舊識。

我於民國七十二年至七十四年奉派至李峰大師故鄉銅鑼鄉履職民眾服務社主任，深深瞭解銅鑼鄉是地靈人傑，人文薈萃的藝文勝地。認識啟瑞兄則在七年前我宗弟，即前警政署副署長官政哲退休後，曾應邀至苗栗縣警察局演講，演講完至木鐸山寒舍一敘，同行者尚有金局長及數位警官同仁，包括現任警政署警監督察的啟瑞兄。當大夥在我書齋客廳品茶閒敘時，惟見他對我書齋擺設藏書獨感興趣。宗弟告訴我，啟瑞兄可是警界名詩人，是大名鼎鼎的儒將，相處多年來，更覺得他的確是位學養豐富，謙謙如也的君子，沒有官僚味，只感到他全身散發「溫良恭儉讓」的氣質。

在加入啟瑞兄的「醉墨詩飛惜知音」群組半年多來，方瞭解啟瑞兄在文藝界悠遊四海，交遊廣闊，包含了許多詩書畫樂的名家高手。從中我更幸運地認識了對古詩、新詩、書法有深深造詣的商吟先生，我了解早期有位名詩人商禽，在十五年前，中國文藝協會主辦全國文藝節時也見過面，他被稱為文壇「鬼才」，是台灣「現代詩運動」初期的健將，與楚戈，辛鬱被稱為「台灣詩壇」三公。商吟的新詩也有似商禽超現實主義的影子，商吟的古詩更兼具詩仙李白與詩聖杜甫的風格，尤其也與啟瑞兄獨喜北宋 蘇東坡「定風波」之情境聲韻。

原訂十月十五日邀他們蒞臨山城寒舍再敘，並邀請商吟一定要來見面，不只是神往，恰巧十月三日群組裡的書法家吳季如先生要在苗栗 聯合大學舉辦書法個展，聯合大學距離寒舍也只十分鐘不到的車程，在「來得早不如來得巧，選期不如撞期」的情況下，我們敲定當日中午再來寒舍小敘。巧的是我屋前私有土地剛僱工鋪設好金剛砂水泥道路，顏色金黃，正如黃金鋪地，他們的蒞臨，正象徵寒舍之福氣與吉利呢！十二點半在書法展開幕式後，他們四人準時來到寒舍，乍見商吟一席唐裝，頗有古詩人之氣息，他面贈我「龍」字墨寶，真是寫活了飛龍在天。一頓飯下來，有說不完的往事，如同老友久別重逢一般，一杯水酒，幾盤小菜，大家吃得很是愉快。

飯後移駕至我書齋客廳，暢談詩書，我與妻也相與贈書為念，商吟興之所至，即興吟詩，也以宋 朱熹〈勸學詩〉為題，即興寫了一首詩：「饗宴聯歡酒後茶，四方文友會官家，同來木鐸山中聚，學識人生葉護花。」令人拍案叫絕，商吟回去後，又陸續傳兩首詩相贈，非常感恩，特別錄下登出，供讀友們共饗之。

（之二）重九前一日，聯袂訪龍影先生

木鐸山林爽，秋風起浪濤，
言歡推雅頌，讌集論風騷，
客裡詩懷杜，籬邊酒醉陶，
明逢重九節，結伴再登高。

（之二）秋訪木鐸山　龍影先生

山登木鐸好尋詩，讌集西風恰爽時，
親切主人誠待客，溫馨伉儷本為師，
情懷此刻言無盡，器重當今筆一枝，
大約新書明載會，佇看苗竹旋風吹。

當前國際紛爭不已，國內選戰紛擾不斷，正如佛教所謂的末法時期，我一介書生，兩袖清風，除了以知識道德良知報國外，也徒呼奈何，對魏晉南北朝之竹林七賢及書聖王羲之蘭亭集序中的「群賢畢至，少長咸集」、「流觴曲水，列坐其次，雖無絲竹管弦之盛，一觴一詠，亦足以暢敘幽情。」有特殊的感受，也符合現代許多詩人墨客的理念與想法吧！

筆於二〇二二年十月六日　山城之夜

94 賀李峯大師書畫展紀實

我參與啟瑞兄的「醉墨詩飛惜知音」的群組已半年多，此群組共約五十幾位成員，很特別的是，多是藝文人士參加，有書法家、畫家、詩人、音樂家、亞太讀書會會長等等，皆是警政署警監督察啟瑞兄之知心好友，文藝超越了政治，是一種軟實力，正如我前篇所寫的「格局的高低」，彼此互相讚賞，相互成就，大家很快激盪出心靈契合的火花。尤其在李峯大師的書畫展，看到了倫理，李峯大師的徒子徒孫大多遠道而來捧場學習。個展以音樂會方式進行，交流演唱，真讓我夫妻與參加者大開眼界，如癡如醉。

開幕式中，啟瑞兄與我很榮幸地以貴賓身分代表致賀詞，主持人陳明先生既帥氣又幽默地帶動全場，宛如一家人的聚會慶生，也正如李峯大師在個展開幕式所說的：如果大家拿掉名利頭銜，一切歸零，就如一家人的親切、自然、實在。當天受邀的沒有政商界人士，有的是他最知心的幾位摯友與他的學生們，一切是如此的感性，令人動容。

李峯大師與我同年屬虎，大學同是中文系出身，故鄉苗栗縣銅鑼鄉，父親李白濱先生，日本京都大學哲學系畢，是著名的政治家與教育家。民國七十二年至七十四年我曾派任銅鑼鄉民眾服務社主任，深知該鄉地靈人傑、人文薈萃、文風鼎盛，是藝文勝地，自然會蘊育出李峯這位大師，他精通詩文，融入他的書畫中，風格特異、獨樹一格、真是有大師風範，令人敬仰。

知名詩人商吟為李峯大師這次書畫展，題了兩首詩：

（其一）李峯饗宴

苑裡西濱九降風，吹將書畫藝文同，
歌聲舞蹈傳歡樂，花藝茶湯表素衷，
入夢飛天千載頌，隨心流海萬溪融，
嘉賓道賀穿門限，翰墨欣傳不世功。

（其二）李峯書畫藝術創作展開幕有懷

海濱鄒魯藝文濃，苑裡深秋賀李峯，
九降風中雲似虎，心雕居外浪如龍，
茄投刺激沙飛面，黃槿團圓日照松，
歌舞花茶書畫韻，齊將戰疫慶開封。

女詩人陳姵綾也為李峯大師題詩兩首

（其一）你，儒風一樣的翩然

你，儒風一樣的翩然
著一身青衫
走進我的四季
於是乎
柳樹笑彎了腰
溪流脈脈涵情
行雲不羈鄉野
草木也開始了
對話

（其二）前世轉身的詞彙

月偏斜夢冷
曉窗半酣　葉落　枯枝的
懸念
幾番周折
前世
轉身的詞彙
遠道而來
浮世一卷
紙硯墨字
輕渡微霜

李峯大師個展當日，展廳熱鬧非凡，驀然見到舊識毛金素博士與幾位美女著中國旗袍禮待賓客，非常亮眼。毛博士千金正攻讀陽明博士班四年級，公子國立政大金融系畢，目前在銀行界服務，毛博士真是巾幗不讓鬚眉。文學、藝術、音樂是精神食糧，可以美化人生、提升心靈，最近流行傳唱的「海倫·走卒」歌詞感人，敘述任何平凡的人，只要有走卒勇敢不退的精神，就是英雄，所謂「英雄不論出身低」、「高手在民間」，不向命運低頭，努力為家庭、事業拚搏，無論成功與否，這即是我們人生的寫照，我們雖是一介凡夫，在不同領域中，默默地奮鬥，一樣可以「立德、立功、立言」，如李峯大師一樣，可以頂天立地，創造出自己的一片天呢！

筆於二〇二二年十月十五日　苗栗山城之夜

95 文壇巨星殞落

頃聞我摯友，被譽為兩岸戲曲領航人、台灣大學中文系所教授、中研院院士、酒党党魁曾永義大師，於今年國慶日上午在家中過世，享壽八十有一歲，消息傳來，藝文界紛紛表示不捨。世新大學校長聞訊表示，曾永義致力於傳統戲曲推廣，叱吒文壇超越半世紀，研究領域橫跨京劇、崑曲、歌仔戲、客家戲等，卓越成就令人仰之彌高，鑽之彌深，被譽為「文壇巨人」有過之無不及。

我有幸與曾永義大師認識逾二十載，因緣巧合，在此簡單敘述，至於其豐功偉業，自然有其不少友朋與高徒會為文詳細論述，我不便在此贅述。

話說二十二年前，小女怡嫺幸運考上台師大國文研究所與台灣大學中文研究所，後來小女決定唸台灣最高學府，雖考入台大，但苦於女一舍一室難求，只得暫時在外租屋，但也在台大女一舍事先登記住宿，待有空室就搬進宿舍，不久小女接獲通知，搬進女一舍頂樓，但該室環境差又悶熱，住進沒多久，舍監逐一核對女學生資料，她看到小女的基本資料裡家長欄「官有位」，即問小女官有位是妳的誰，小女回答「是我爸爸呀」，於是向小女要家裡電話，我剛從學校回到家準備吃午餐，接到對方電話，我即問：「是哪位啊？」對方即問：「是官先生嗎？」我回答：「是的。」對方興奮地說：「學長好，我是玉華啦！」

她告訴我，她原在北一女當教官，後來調至台灣大學當教官，並兼女一舍舍監，所謂「有關係就沒關係」「沒關係就有關係」，很快地幫小女安排到她舍監旁一寢室，天氣熱時還可到舍監室吹吹冷氣。玉華是我東吳大學的學妹，大學畢業後她考上政戰教官，然後進入校園服務。

玉華學妹歌聲了得，對京劇也有愛好，其夫守成也是台大教官，夫妻與曾永義大師自成知己，正巧的是，小女怡嫺進入台大中文研一時，也選修曾永義大師的「俗文學」課程，畢業時碩士論文指導教授也是曾永義大師。

種種因緣，我與曾大師以兄弟稱之，我也是他酒党之一員，甚至被封為省黨部主委呢！我們經常會在台北開「六中全會」，意指星期六中午會餐，大家見面總要喝上幾杯。他知我要上台北時，一定會找幾位學術界或戲劇界的朋友作陪，在醉紅小吃小酌一番，十多年前他知我罹患慢性白血病後，即不讓我多喝了。

曾大師著作等身，他送我一本他的散文小品人間愉快，閱之令我愛不釋手，了解他對美食與美酒皆有專精的研究，他生性樂觀，有李白飲酒的風格，也有陶淵明「忽與一觴酒，日夕歡相持。」愉快與酒作伴，終日落個醉的期待，他與友人相聚飲酒，從不喝醉，只盼「青山明月清風之下，把酒言歡，三五好友暢談得意之事。」因為尊重，珍惜喝酒帶來的快樂，所以每一口皆屬瓊漿玉液，醍醐灌頂，重情節義是他的真性情，他適可而止的飲酒方式，令人感佩他的雅士風範。

民國九十年九月，我出版生活小品龍影文集時，特別請曾大師為我贈序，他義不容辭，「以詩文遊心」為序，在序中第二段提到『今年四月間值賤降之辰，守成好意，為我安排一趟苗栗山寺之旅，美其名為為党魁六十出頭避壽，我們攜家帶眷，加上摯友許進雄和邱正隆，兩部車在東道主有位兄導引下，迴環明德湖到達獅潭仙山，又摸黑夜宿獅頭山。其間煙霏雨裊，山青水碧，或晨曦灑落，林幽氣爽，我們真正享受了回首白雲，人在世外的愉悅。』記得那一晚，住宿獅頭山，翌日清晨，我們在登爬數百公尺高之獅頭山「望月亭」途中，曾大師詩興大發，先後即景順口作了三首七絕，詩名為「避壽獅頭山」，令人難忘。

（其一）

党魁避壽到獅山，神氣翻騰作翠嵐。
蹬（ㄉㄠ）道千尋堪步履，回頭一嘯白雲間。

（其二）

群山擁翠門高昂，面目橫施破曉光。
石刻摩崖欲千古，党魁到處是仙鄉。

（其三）

白雲深處有輕寒，望月亭中快語歡。
更有歌聲動幽谷，党魁笑倚翠瑯玕。

事隔十年，即民國一〇一年，我出版了浮生漫語拙作，在台北市中國文藝協會舉辦新書座談會，由中國文藝協會理事長綠蒂博士主持，曾大師列席指導，五十餘人熱烈探討與分享，算是給足了我面子，也提升我寫作的興趣與勇氣。翌年，即民國一〇二年，我榮獲美國加州世界藝術文化學院榮譽文學博士，他得知後，一定要為我慶賀，參與的摯友包括中國文藝協會綠蒂理事長、國立台灣戲曲學院校長張瑞濱博士、中國 山東 棗莊學院榮譽教授洪安峰博士、劉森泉將軍、孔憲台處長、林英梯處長、官振忠律師等多位，而與我亦師亦友的台師大教育系李春芳教授則請曾大師，這回能讓他作東，並一一依名單電話邀約，非常感恩李春芳教授。

記得有一年文藝節，我特別向中國文藝協會理事長推薦曾大師，為「榮譽中國文藝獎章」得獎人，

龍影赴馬來西亞怡保市參加世界詩人大會，並榮獲美國世界藝術文化學院 楊允達院長頒發榮譽文學博士學位證書。

此獎項為全國文藝界最高榮譽之一，恰巧當日曾大師要至中國參訪，要我代為領獎，我因不是戲曲中人而推辭，改由他高徒即國光劇團藝術總監王安祈教授代為領獎，並代表曾大師致感謝辭，俟曾永義大師歸國後，他的幾位高徒為他接風，並在餐廳請一桌為他祝賀，曾大師還特別邀請我參加，並對其高徒們說，這個獎是我兄弟官主任為我爭取的，大家特別敬了我一杯酒，曾大師拿著獎牌一起合影。

近年來，我們偶有電話聯繫，從他夫人得知曾大師近來身體欠安，一生自稱「飛揚跋扈、人間愉快」，其高徒王安祈說，曾老師才剛給國光劇本「虎符風雲」預計二〇二三年推出，講的是信陵君的故事，未料已成遺作，令人難過不捨。過去曾大師所編劇的大戲，如「射天」、「霸王別姬」、「孟姜女」、「梁祝」、「楊貴妃」等等，他都會邀我至國家劇院欣賞，如今一代文壇巨星殞落，故人已去，留給後人無限的哀思，也給他摯友們永恆的懷念。

筆於二〇二二年十月十六日　苗栗山城之夜

96 軍魂與情緣

看完轉發來自于美人臉書「苦守寒窯又一篇」，敘述民國四十五年，貌美如花似玉的眷村女孩張家淇嫁給「空軍幼虎」張立義，兩人結縭九年，生了一女二男，家庭和樂。張立義婚後進入黑貓中隊，經常出任務。民國五十四年張立義駕駛的U2偵察機在大陸被共軍擊落。當時他小兒子才十個月大，空軍司令部宣布張立義殉職，乃安頓孤兒寡母北上落戶。其妻張家淇爭取進入華航會計處工作，能有一份薪水撫養三個小孩，母兼父職，是一位極為辛苦的單親媽媽。

當所有人都說張立義生機渺茫，只有張家淇一直相信先生還活著，拒絕了所有追求者，活在沒有希望的盼望中。張家淇就這般辛苦了九年，直至民國六十二年，她才答應了何忠俊上校的求婚，唯一的條件是如果張立義能活著回來，她必須離婚，何先生同意了，何上校和張家淇婚後沒有生小孩，何先生是一位盡職的丈夫和女婿，對家淇的父母和奶奶盡孝、養生送終，幫忙栽培三個孩子，各有所成。到民國七十一年，經過美國的努力，中國釋放張立義，讓他能離開大陸，抵達香港，當空軍總司令部告知張家淇這消息時，家淇雙手掩面，嗚嗚的哭出聲來，多年的盼望，如真似幻！

張立義在大陸沒再婚，張家淇又喜又愧疚，前夫有情，後夫有義，她問蒼天，造化何以弄人至此，夫復何言？因為種種「政治因素」，政府不讓張立義回台灣，後來他去了美國。直至民國七十九年，政府解嚴三年後，張立義獲准回到台灣，他沒有逼張家淇離婚，何上校決定成全，簽字離婚，結束十七年的「婚姻」，一年後他離開台灣，而這對亂世情人終於團聚，執子之手十二年後，家淇因病過世，張立義傷心不已，帶著對妻子的美好回憶，三年前走完人生（二〇一九年），享壽九十歲。

無獨有偶，我同鄉文壇前輩作家劉琦香女士，看過我轉傳于美人的這篇臉書「苦守寒窯又一篇」後，即刻「賴」給我說：「她兒子台北市前屋主即

作家琦香(右)全家探視當年駕偵察機至大陸福建偵察的紅狐中隊隊長，國家空軍英雄，已九五高齡的謝翔鶴伉儷(中)。

是紅狐中隊，駕駛巫毒偵察機RF-101A高空高速偵察機，先後三十多次，竄入大陸偵察的謝翔鶴先生，據說他在民國五十三年被擊落，我方找了一小時未果而放棄，共方尋找三小時擄獲後被關，因沒犧牲，其妻領不到撫恤金，且被逼改嫁，欲將其兩女送育幼院，其妻潘女士拒絕，把兩女養大，期間跟上文一般，嫁其夫同事，條件是若丈夫生還回來，得自動離去，以前的人很君子，潘女士之夫於民國七十三年回台，今已九十四歲。」

上蒼有情，其妻在台銀熬到高級人員，待遇優渥，兩女留美，長女是治療自閉症專家。其長女曾給馬英九總統一封長信，其血淚的控訴，讓人激憤感慨，正如琦香所言：「謝翔鶴之長女有寫一篇長文，敘述前後發生之始末，中共的情報精準，而我方無警覺，等於要機師往羅網裡投。其妻非但沒撫恤金養育兩女，謝先生回台，二十年沒領半毛錢，強令退休也無退休金，就是恩盡義絕，一刀兩斷，要置他一家於死地。」謝先生在中共勞改營二十一年，過著非人的生活，如同他在巫毒飛行員書中自述所言：「二十一個年頭，在歷史的長河裡只不過是彈指之間，但在人生的旅途中，卻是十分漫長的路程。」聽了令人泫然欲泣，他的不屈不撓，誓死如歸精神，有文天祥的凜然正氣，他的忠貞對得起中華民國也對得起中國國民黨，相對地是軍方無情，對不起他，同僚無義，漠視冷落了他。

於二〇一一年（民國一〇〇年）二月二十六日新聞曾專訪，謝翔鶴夫妻鶼鰈情深，為國為家盡忠貞，空軍前第四中隊少校分隊長謝翔鶴，二十六日於空軍第四〇一聯隊第十二戰術偵察機隊七十六週年隊慶中，由參謀總長林鎮夷上將親自頒發「干城甲種二等獎章」給當年高齡八十二歲的謝翔鶴，他臉上盡是歲月的痕跡，一語道盡五十年來，為國家忠貞不移的堅定信念，不計個人榮辱的心路歷程，並表示當年出最後一次任務並未完成，如今卻能得到國家表揚，對這份殊榮，心中感到慙愧，但他也以身為中華民國軍人感到榮耀，他的冤屈自此也得到平反。

曾經相隔兩岸，生死兩茫茫，如今走過風風雨雨，潘定惠對其夫謝翔鶴的愛情與信念，就如同謝翔鶴先生對國家的信心與正念，如今謝翔鶴先生已高齡九十四歲，上蒼唯一能給他夫妻的公道，即是讓他夫妻健康與高壽吧！我們更期盼歷史的悲劇，不再重演，兩岸的紛爭，能儘速地化解，當然，這也得靠兩岸領導人之大智慧。

筆於二〇二二年十月三十一日　山城之夜

【讀友回響】

龍影義兄弟前黃國苗黨部執行長原景良上校感言分享：

收到您寄來的「軍魂與情緣」，看完後很感動也有很深的感觸。前輩們的忠誠與深情，非此輩年輕人能懂的。但是國家對他們的照顧確是不足的，除了黑貓中隊、紅狐中隊、還有其他的情報人員、游擊突擊隊員、空偵飛行員等，為國犧牲後政府對他們家人的照顧是冷酷的，撫恤條件極為嚴格，受惠甚少。尤其剛來台前幾年，很多在大陸上奮戰剿共，部隊失利或曾被俘人員，輾轉逃到香港再回台，申請復職，政府不准。發明無職軍官一詞逼其退伍，並自謀生活。這些從抗戰到剿匪一路奮戰生存下來的戰士，發一點退伍金，令其自謀生活，渠等人生地不熟學經歷又不高、沒什麼專技，退伍只能打工為生，生活困苦，我從小就認識許多這種長輩。如今民進黨又大砍軍公教退休金，看在眼裏想到未來，年輕人還敢從軍嗎？護根植根的工程不做，台灣還有未來嗎？發發牢騷，只能自求多福吧！

97 重逢在今宵

日前與妻上台北榮總回診，並暫住永和小兒俊良家兩夜，小兒五年前在永和區租屋並開一家義大利西餐廳，正逢這兩年疫情嚴峻，生意起起落落。但看他小夫妻如此努力，兒子畢業於文化大學生活應用科技系（含餐飲），婚後十餘年，他在各種西餐廳服務歷練，自覺練得一身廚藝，媳婦為支持他，放下歐美旅行社高薪工作，一同創業並養育三個子女。我與妻在公私立學校教師退休，在政府對退休公教人員苛刻無理政策下，我們無多餘老本，只能讓兒子自己辛苦創業，幸兒與媳孝順與積極創業，不讓我兩老太過擔憂。

這次北上，先約了摯友前新北市私立穀保家商鄭學忠校長伉儷，招待他夫妻於十一月四日晚，前來我兒店貓子曬太陽餐敘。學忠兄家居中和，當天幾乎與他同時抵達店裡，在店裡我們促膝長談，其實，我過去在竹苗辦了十次新書發表會，他參加六次以上，非常感恩。猶記得我們在民國五十九年同時考進位於台北市士林區外雙溪風景優美的東吳大學，他念政治系，我念中文系。大二時，我們從男二舍同時搬出住進自強隧道旁的「學生公舍」，因為簡陋髒亂，外人稱之為「人民公社」。我們原只是同校不同系，常碰面的陌生同學，他喜與同學「打麻將」，我喜與同學「打桌球」，因為我念中文，習於在「東吳半月刊」或「大學詩刊」寫寫文評投稿，偶而在晚上或假日會聽到這群陌生同學「家事、國事、天下事，事事關心」「風聲、雨聲、麻將聲，聲聲入耳」。也會趁煩時，寫寫評論，修理他們一番，寫歸寫，我們從不記仇，只希望彼此克制一些，不要影響他人讀書而已。

大學畢業，我們也離開「學生公舍」，各奔前途，他服務北知青黨部，我服務苗栗縣黨部，我們在轉換教育跑道後，直至民國八十二年間，他在台北縣三重市的穀保家商擔任補校主任。我在台北市大安區開平高中擔任秘書主任，某日至台北市育達商職參加主任會議方重逢，會後一同到育達商職訓導處，拜訪我大學同班同學張勝賢主任，老同學相談甚歡。兩年後，我請調回苗栗建台中學任教，勝賢兄任育達商職補校主任，學忠兄則官運亨通，努力治校辦學，頗得其董事長抬愛，直升校長，服務十餘載退休，復為格致中學董事會及校長器重，延攬至格致服務五年後，方正式裸退。其妻則在穀保家商服務滿四十年方退休。夫妻倆過著閒雲野鶴般的神仙眷侶生活。前些年學忠兄夫妻蒞臨苗栗，我與前建台中學圖書館徐秋旺主任（他們是政大教育學分班同學），一起安排學忠兄伉儷住明德水庫附近民宿，翌日陪同閒逛湖畔人工步道，山明水秀，一覽湖畔之魯冰花草，並留下不少合照與鄉間美好的回憶。

我與學忠兄一見如故，重逢成摯友，我每上台北與摯友前國立台灣戲曲學院張瑞濱校長聚餐時，偶會邀請學忠兄參與，他個性「溫良恭儉讓」，甚得人緣，我台北多位藝文界知己，也成了他的好友，的確正如俗話所言：「人生何處不相逢，相逢何必曾相識。」我們人與人間的關係，皆是前世因緣而來，從可愛的陌生人，將可能因為彼此志同道合之善緣，終而成為摯友、知音與知己，不是嗎？

筆於二〇二二年十一月六日　山城之夜

98 詩歌宴記

有人說，十一月的日子最適宜寫詩讀詩，也有許多人喜歡唐朝李商隱的〈無題〉詩名句：「昨夜星辰昨夜風，畫樓西畔桂堂東，身無彩鳳雙飛翼，心有靈犀一點通。」詩人回憶起昨夜的星辰，昨夜的晚風，星光點點，微風飄飄，襯出詩人滿心歡喜，和朋友在畫樓西畔，桂堂東邊集會，品酒茶敘，歌舞昇平，好是愉快。

因緣際會，與摯友啟瑞兄相約山城再敘，敲定日子於十一月十八日中午於苗栗市知名餐廳「范家宴」餐敘。我席訂兩桌，一桌為台中市詩人墨客，一桌為我山城知音摯友，兩桌二十人，堪稱圓滿。席中劉大老炳均伉儷致贈我每位友朋蔘鬚紅包，當作長輩對晚輩的見面禮，甚是感恩。徐校長禮雲高吭兩首客家山歌，當作迎賓之曲，李秀蘭老師與啟瑞兄各朗吟兩首古詩，錫東兄更吹起尺八簫。兩桌的藝文交流熱絡起來，我以東道主身份禮貌性將苗栗桌之至親摯友一一導引至台中桌介紹給遠來之詩人墨客，分別是劉炳均大老伉儷、李秀蘭老師、國際跆拳道九段王錦漳教練、徐禮雲校長、官政鈞總幹事、徐蘭英老師、作家淨雲及我家女主人淑靜。餐會於進行中巧遇苗栗縣徐耀昌縣長在鄰桌聚餐，特別過來與我賓友打招呼，並與我夫妻等人合影留念。

餐敘後台中詩人墨客十人移師至木鐸山寒舍，我請龍影文藝寫作研究坊學員長淨雲作家，擔任攝影與招待。我特意於書齋門前貼上一張紅色歡迎海報及對聯標語：「琴棋書畫詩酒花」「柴米油鹽醬醋茶」，大家盡興交誼，我請妻準備了水果、客家美食、茶點、美酒等。李峰大師暢談李叔同，即弘一大師不平凡的一生。民歌手陳明吉他伴奏，啟瑞兄、淑君歌唱家演唱幾首知名的校園民歌，悅耳的歌聲響徹雲霄與震撼整座木鐸山莊，錫東兄的尺八蕭嗚嗚然，如泣如訴。名詩人姵綾、毛博士在賞評著妻去年母親節前夕出版發表之「芳草年年綠」新作。我則與台灣圍棋協會安副理事長淑卿，談論我們苗栗籍的七段職業棋士謝依旻小姐，目前保有「女流棋聖」、「女流本因坊」頭銜，職業生涯至今已累計獲得二十七次頭銜，是國家之光彩，也是苗栗的榮耀，我打了電話向謝爸恭喜。啟瑞兄因事先行告辭，大夥兒則於書齋內外留下愉悅的合影，妻貼心地致送每人一顆山城高麗菜。歌唱家淑君臨別前緊緊擁抱著妻，正如警政署警監督察啟瑞兄所言：「像媽媽跟女兒相見歡一般親切！」淑君與我長女怡嫺年齡相近，或許真有母女的因緣吧！

大詩人商吟與疇陵會長此日另有要約，但從我們轉傳的活動集錦中，商吟特別寫了一首詩〈苗栗讌集〉：「范家宴畢轉官家，彈唱謳歌暢酒茶，喜見暖冬溫爭玉，欣看逸氣吐真華，人生歲月溪流水，選戰風雲菊燦花，苗栗藝文興盛地，從知三百重無邪。」李峰大師亦題詩一首〈雅集〉答詩「范家有宴喜相逢，舊雨新知共醉盅，古調山歌座上唱，山城風土感知同。」

商吟之未能前來，即似唐王維「九月九日憶山東兄弟」詩：「獨在異鄉為異客，每逢佳節倍思親，遙知兄弟登高處，遍插茱萸少一人。」感謝台中市之幾位詩人墨客蒞臨苗栗山城寒舍，以詩歌讓木鐸增光輝，讓書齋添華彩，我也以真誠心，寫三首小詩銘誌如下：

一、詩歌宴

詩人墨客情意真，
集敘山城木鐸村，
民歌響亮成名曲，
書齋詩吟少一人。

二、喜重逢

人生良緣幾時有，
詩書畫來茶當酒，
懸天明月總多情，
祈願年年相聚首。

歌唱家黃淑君小姐與龍影夫人相見頗有母女因緣。

三、詩魂

信手拈來詩不空，
心靈相繫一點通，
藝文良友今齊聚，
蟲鳴鳥叫此山中。

筆於二〇二二年十一月二十一日
山城之夜

龍影在苗栗市「范家宴」請友人聚敘，偶遇苗栗縣徐耀昌縣長(左二)，並合影留念。

99 難忘恩師－楊允達博士

感恩與懷念是我立身處事的原則，敬老與尊賢更是我傳統教育的指標。人生如夢幻泡影，如露亦如電，我生平無大志，以平凡人平凡心的思維，來追逐我的夢想，實現我的理想而已。在我的恩師與貴人中，有一位大師讓我終身難忘，莫名的懷念驅使我急著想去長庚養生村探訪恩師，即是前美國加州世界藝術文化學院楊允達院長伉儷，自中國文藝協會理事長綠蒂博士引薦，我參加世界詩人大會，並通過詩文著作審查。二〇一二年與名詩人林明理小姐同往馬來西亞怡保市接受美國世界藝術文化學院楊院長隆重頒發榮譽文學博士學位證書。在前一年即二〇一一年由高好禮名書畫家、洪安峰教授及陳素英教授及我等四人，在綠蒂理事長安排下，遠赴山東公立棗莊學院講學，透過演講、座談、參訪，順利獲得胡小林校長聘為終身榮譽中文教授。

前些日，透過電話與訊息連繫後，與妻包了一部計程車前往桃園市龜山區長庚養生文化村探訪敬愛的楊允達院長賢伉儷、院長高齡九十，夫人也已八五，相見之下，既歡喜也激動不已。兩老精神抖擻，神采依舊，八年前住進這遠近馳名的養生村，住同棟的尚有三位著名的作家，一是年已九六的齊邦媛女士，一是年已八六的薇薇夫人及年已八五的桑品載先生。

長庚養生文化村是許多人十分嚮往的養生住處，園區內鋪設了兩條平緩的休閒步道，透過導覽人員介紹，了解此養生村是多功能的高級養老院。我個性好動，經濟也不寬裕，山城住家百來坪，白日可聽蟲鳴鳥叫，晚上可望月亮星光，只想求得平安健康與妻終老此山中即可。

進入養生村楊院長伉儷之五樓二十三坪住處，家居簡樸，除了保留一些作品，其他名貴書籍多贈友人典藏，我有幸獲院長贈其「四十年記者生涯」與「三重奏」兩本鉅作。楊院長為人謙卑，和藹可親，夫人則是他成功的最

龍影夫妻於桃園長庚養生村前與前美國世界藝術文化學院楊允達院長伉儷合影留念。

大助手，楊院長著書立說，著作二十三本之多。

楊院長祖籍北平，一九三三年生於武漢，一九四六年跟隨雙親到台灣，一九五七年畢業於國立台灣大學歷史學系（其夫人亦是他台大歷史學系學妹，氣質高雅不俗），一九五九年畢業於國立政治大學新聞研究所，一九八〇年獲法國國立巴黎大學文學博士學位。他十五歲開始寫詩，後期與詩人紀弦、羅行、鄭愁予、葉泥、林泠、商禽等人發起創組現代派，並與詩人鍾鼎文、覃子豪、墨人、洛夫、張默、辛鬱、羅行、商禽、麥穗、羅門、蓉子、羊令野、楚戈等交往縝密，奠定他在台灣詩壇的崇高地位。

前些日，著名的《文訊》雜誌社總編輯封德屏特別前往養生村採訪楊院長賢伉儷，對楊院長不平凡的學經歷與學養修為，多所尊仰。我亦何其有幸，於二〇一四年出版新詩牧心集時，渥蒙楊院長厚愛，為我寫推薦序「官有位博士的詩」，並為我的一首小詩〈如果〉翻成英文推介到多個國家詩刊，感恩這位詩壇巨人，我敬仰的前輩恩師。

筆於二〇二二年十二月二日　山城木鐸山居

100 林園藝文交流紀實

十二月十六日正午，淨玉準點來到寒舍，開車接送我夫妻至台中市霧峰林家宮保第藝術園區參加啟瑞兄安排的藝文交流。初到此林家宮保第，讓人驚艷於它的歷史背景與古蹟造型，此園區用百年大花廳戲台展現崑劇魅力，讓文化與古蹟融合，讓承載歲月風華的歷史建築，藉著戲曲的演出，使這座文化古蹟靈動起來。

我的摯友響譽兩岸的崑劇大師曾永義教授，於今年十月間蒙主寵召，享年八一，我曾為文「文壇巨星殞落」悼念他，他過去編導許多崑劇如「射天」、「楊貴妃」、「孟姜女」、「霸王別姬」、「梁祝」等等，都會邀請我至國家劇院聆賞，今日至此林家宮保第文化藝術園區參觀，讓我更深刻地感受此園區的多元文化底蘊，值得細細探索回味。

在餐敘過程中，我事先準備了兩首小詩〈詩讚林園〉：

（之一）

霧峰光景好花園，知音盛情在眼前，

詩人墨客林園敘，喜悅氛圍勝過年。

（之二）

木鐸聲響霧峰來，兄弟姊妹菁英才，

通宵吟唱清寒夜，筆耕畫作魚肚白。

非常感恩啟瑞兄與珮綾的和聲朗誦與林園主人義明兄的吟唱，在美美的夜空下，有力地詮釋了這兩首小詩的意境，此次的林園詩文聚會，確如啟瑞兄與珮綾所言，是前世今生的因緣，讓我們從時光隧道中回來重聚。

下午三點半，園區安排了何姓導覽員為我們鉅細靡遺地講解園區歷史古蹟典故與林獻堂領導抗日的種種事蹟。當然我們也充分利用時間拍攝了照片，佇立在古蹟庭園中，似在向著歷史的滄桑對話，向著林家的抗日烈士致敬。五點半，台中啟瑞兄所主持的「醉墨詩飛惜知音」群組的詩人墨客陸續前來，多位過去曾參加我苗栗山城藝文交流，因此相逢如知音，不顯陌生。在林園主人義明兄與啟瑞兄共同主持下，兩桌藝文人士在宴席上熱絡交流著。

正逢內人淑靜生日前夕，有母女前緣的歌唱家淑君特別購買了生日蛋糕祝壽，大夥在民歌手陳明帶動下，為妻歡唱「生日快樂歌」，溫馨的旋律，令妻與我感動不已。如李峰大師與商吟詩人在場，一定會說，這是我們藝文家庭的生日聚會呢！即如蘭亭再敘吧！啟瑞兄、商吟兄、毛博士也特別為此次的藝文交流，留下不朽的詩篇分享，啟瑞兄在群組中，特別介紹林家花園主人義明兄，也是性情中人，十分好客，有古代燕趙之風，俠義慷慨，不愧是大將軍之後，林家花園文風鼎盛，「櫟社」詩才輩出，是第一愛國的詩社。義明兄主持此詩社，自是文韜博聞，才思敏捷的大家，也才能現場即興吟唱詩作呢！

這一天真是我們詩文交會、心靈合一的一天，我們期待再相逢。

筆於二〇二二年十二月二十日

山城之夜

龍影摯友張瑞濱榮獲博士(右二)時，龍影與台大中文所曾永義教授(右)，李進雄教授(左)予以祝賀。

台中市藝文界好友，由摯友啓瑞兄(二排右三)，安排前來龍影木鐸書齋參訪歡敘。(中為李峰大師、左三為著名民歌手陳明)

2022年12月16日龍影夫妻(前中)在警界名詩人吳啟瑞警監督察(前右)邀請下，赴台中市霧峰林家花園與藝文人士餐敘交流。

國家圖書館出版品預行編目 (CIP) 資料

心靈覺醒之龍影見聞錄 / 龍影著 . -- 第一版 . --
新北市：商鼎數位出版有限公司 , 2023.03
面； 公分
ISBN 978-986-144-221-1(平裝)

863.55 112001696

心靈覺醒之龍影見聞錄

作　者　龍　影
總　編　柯淑靜

指　導　中國文藝協會
顧　問　原景良、林英梯、莊興惠、徐禮雲
打　字　湯鳳娥

龍影文訊季刊社　苗栗縣苗栗市高苗里 18 鄰木鐸山 11 號
TEL：(037)337616　手機：0935196978

法律顧問　官振忠律師（普立邦法律事務所）

發 行 人　王秋鴻
發 行 者　商鼎數位出版有限公司
新北市中和區中山路三段 136 巷 10 弄 17 號
TEL : (02)2228-9070　FAX : (02)2228-9076
郵撥／第 50140536 號　商鼎數位出版有限公司

編輯經理　甯開遠
編輯總監　黃麗珍
執行編輯　尤家瑋
封面設計　周威廷
版面編排　商鼎數位出版有限公司

2023 年 3 月吉日出版　第一版／第一刷
定價：500 元

翦影(二)光陰的故事

台中市文藝界友人(左二至右：啓瑞詩人、毛博士、商吟詩人、李峰大師)蒞臨木鐸山訪龍影。

龍影夫妻上台北，特別邀請摯友前穀保家商鄭學忠校長賢伉儷聚餐並合影。

歌唱家黃淑君小姐與龍影夫人相見頗有母女因緣。

前新北市警察局鍾國文副局長榮升警政署警政委員時，龍影特別贈禮前往祝賀！

那一年龍影(中)好友竹東賴煥琳校長(左二)帶桌球高手來苗栗友誼賽(左一英梯、右三禮雲)。

龍影家族部份子孫年初三中午在苗栗木鐸山住家團聚哦！

年初三龍影帶領晚輩祭拜祖先並合影。

官振傑宗長榮升國立台灣師大資工系助理教授，為宗親爭取榮耀。

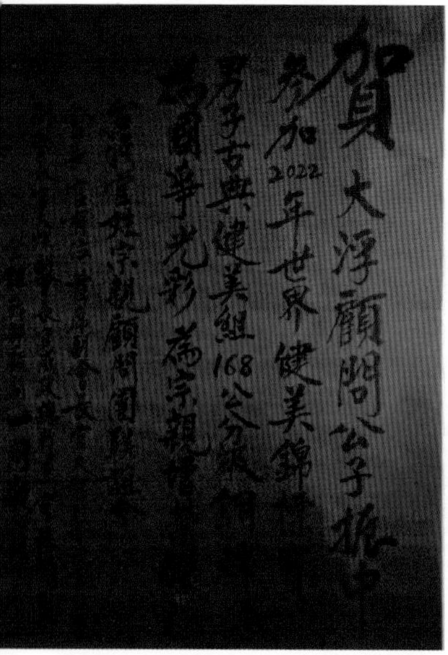

官振中宗長榮獲世界健美錦標賽第三名(銅牌)，為國為家爭光榮。

李峰大師(左)在龍影安排下與李秀蘭老師相見歡。

龍影特別拜訪前苗栗市民代表會主席，現任苗栗市農會理事長賴桂煖賢伉儷(龍影左右)並合影留念。

龍影常於母親生前陪她老人家到王爺坑「梁屋祠堂」拜拜。

詹菊枝老師(右)與龍影夫人有特殊的好緣。

龍影於新竹芎林竹林園辦理新書發表會時，其高中恩師王振春(左)特別書寫一對聯贈送龍影留念。

去年龍影與丹心桌球俱樂部成立時，年紀最小、最帥的前海巡署中校分隊長陳政壕合影於龍影書齋。

台中名詩人書法家商吟蒞臨苗栗縣、苗栗市木鐸山拜訪龍影，並贈墨寶「龍」字給龍影留念。

龍影與苗栗縣藍天服務協會方黃金理事長(後左)，林明仁(後右)總幹事同事前往西湖鄉拜訪文旦果園主人。

龍影前往摯友周博一主任(左)府上，為其長公子周文正順利蟬連上苗里里長道賀。

龍影榮獲美國世界藝術文化學院榮譽文學博士學位，江增祥校長予以勉勵祝賀。

龍影與國民黨前苗栗縣黨部兩位黨工同仁吳豐國主任(中)、劉興漢主任(左合影於吳府。

新竹縣書畫作家劉守相伉儷(右一、二)與其友人蒞臨苗栗拜訪龍影並合影。

苗栗縣前僑育國小黃慶霖校長伉儷(左)在龍影新書發表會時，特別贈賀匾鼓勵。

九年前龍影與桌球高手劉森泉將軍(右)合影於新竹縣政府桌球中心。

李秀蘭老師擅於演講、吟唱詩詞，蒞臨龍影書齋，龍影贈書留念。

那一年，龍影與家人陪同義父母至桃園慈湖參觀，並拜謁蔣公陵寢。

龍影與建台高中同仁自強活動時，在彰化鹿港民俗文物館前合影。

徐清明客語教授(左)與龍影交誼超過四十載，情同手足，兩人早期一同發起成立苗栗縣丹心桌球俱樂部，令人懷念。

龍影之好友也是忠實讀者的湯定坤伉儷(右)，特別前來木鐸書齋拜訪龍影。

龍影多年前於建台中學任教的高徒劉宥均同學(左)，現在是苗栗市知名中醫診所醫師。

龍影夫人(左)與慈濟教聯會劉碧瑩老師(右)及徐秋芳老師(中)至苗栗市良兒幼兒園作靜思語教學。

龍影夫人與美國回來的義妹錦蓮(右)在苗栗 慈濟園區不期而遇。

那年苗栗慈濟園區舉行浴佛沐心，龍影夫人(左)與幾位師姊合影留念。

龍影摯友徐秋旺主任(右)的侄兒徐鑫榮競選連任苗栗縣頭屋鄉鄉長，順利高票當選。

2022年12月慈濟苗栗園區歲末祝福，龍影夫人(中)分配至書軒志工，並與師姊們合影留念。

龍影於馬祖服兵役時，雅仙小姐特喜龍影在馬祖日報副刊發表的散文與新詩。

龍影夫人與慈濟教聯會翁春連老師(左)定期到良兒幼兒園進行靜思語教學，生動的手語教學，收到奇佳效果。

二十年前龍影(前排右一)參加教育部，台灣省教育會合辦「化雨春風」徵文，從四百餘篇參賽中錄取三十篇，由台灣省教育部黃秀孟理事長(中穿紅衣)及教育部吳鐵雄次長(前排右五)頒獎合影。

2022年12月16日龍影夫妻(前中)在警界名詩人吳啟瑞警監督察(前排右一)邀請下，赴台中市 霧峰林家花園與藝文人士餐敘交流。

龍影早期在獅潭服務時，其同事劉淑能小姐(左二)這次當選第19屆獅潭鄉鄉長，後援會黃榮宗伉儷(右一、二)特邀餐敘合影(左一為何太太、中為龍影)

龍影夫人與苗栗縣明仁國中退休同仁陳麗美老師(左)合影。

七年前，龍影新書發表會時，龍影夫人帶兩孫女與姪女柯玫芳(右)合影。

十年前龍影夫妻至台北市金山南路拜會敬愛的商鼎數位出版有限公司廖雪鳳董事長(中)，並合影留念。

龍影與丹心桌球俱樂部兩好友合影，並回憶丹心的輝煌史。(左為源順、中為龍影、右為梁盛)

龍影(右一)考上大學時，與官家莊弟妹、姪兒們赴獅頭山一遊合影。
(中立者為官大智教授)

龍影(後右二)父母健在時，於芎林官家祖祠衍慶堂前全家合影。

龍影獲頒美國加州世界藝術文化學院榮譽文學博士，是家族最大的榮耀。

龍影(右一)的兩位偉大母親(左為生母，中為義母)。

民國七十一年，龍影夫妻帶著四歲長女怡嫺回新竹芎林老家，探視父母親並合影留念。

民國八十四年龍影全家與二哥金松(後排右一)二嫂(後排右三)赴澳門大三巴牌樓前合影。

那一年，龍影開車載妻女及舜嫂(右二)與堂姊秀琴(右一)至宜蘭太平山一遊。

民國六十七年，龍影之父母特別從新竹芎林來苗栗，並於木鐸山住家前合影。

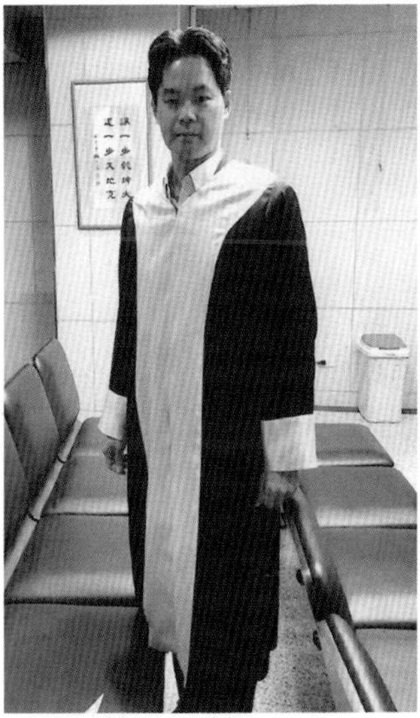

龍影侄孫官振忠，曾任軍法官、軍事主任檢察官、庭長等職，後考上律師，成立普立邦法律事務所。

那一年，龍影全家五人(左)與親友參加香港、澳門旅遊。

台灣官姓宗親顧問團第三屆第一次聯誼會全體顧問合影(111年8月6日新竹芎林竹林園)。

那一年，龍影伉儷(二排右二、三)與義母全家人合影(左立者為張承銘將軍)。

龍影宗長官政哲博士(左)榮升警政署副署長時，特別送幅對聯祝賀。

龍影長女怡嫺獲得國立台灣大學中文研究所碩士學位，全家在台大圖書館前合影。

<u>龍影</u>於<u>新北市永和區</u>兒子住家與兩位喜愛跆拳道的愛孫女<u>心妍</u>(右)、<u>星彤</u>(左)合影。

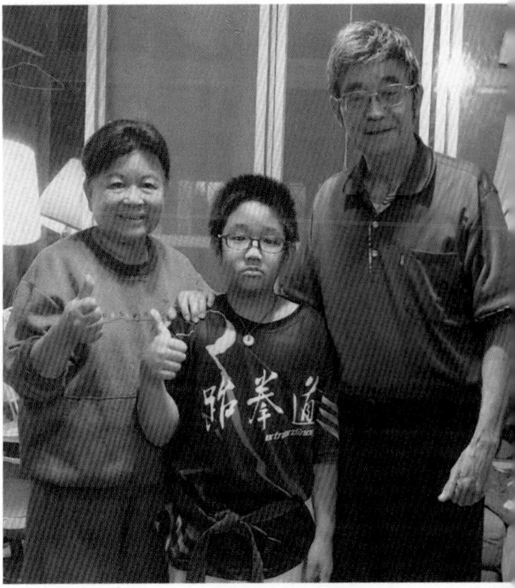

<u>龍影</u>夫妻與唸小三的愛孫<u>振楷</u>合影於<u>永和</u>住處。

詩書作家<u>羅悅玲</u>老師(左三)於<u>台北市三軍軍官俱樂部</u>參加書法聯展時，<u>龍影</u>夫妻與<u>芎林</u>同鄉<u>錦芳</u>(左二)、<u>秀珍</u>(左一)、<u>森妹</u>(右二)前往參加捧場。

名作家琦香女士(左三)與芎林故鄉好友英梯(右一)、守相伉儷(右二、三)及富田(左一)蒞臨龍影書齋一敘。

五年前，中國廣東惠州益伸集團有限公司董事長官有文宗長(左二)安排龍影(左)有沐宗長(右三)拜訪名書法家官秀岩宗長(左三)並合影。

龍影夫妻與大學同窗好友，宋菀晴老師(右)同往桃園市大溪區探視陳靜一老師(右二)並合影留念。

五年前，龍影(右二)與有沐堂兄伉儷(中)堂弟政鈞(右)前往中國廣東惠州，拜訪台商堂弟有文賢伉儷(左一、二)，並合影於其惠州益伸電子有限公司。

龍影三位子女在大學畢業成家立業前，於故鄉芎林的華龍村築夢園休閒生態區合影。

龍影夫妻回芎林老家與三哥有襄(前右二)全家合影。

龍影外孫子宸長相酷似外公，目前就讀康橋國際學校。

多年前，新竹縣官姓宗親會安排馬祖之旅，龍影(右)與大嫂(右三)、二嫂(右二)及有山弟伉儷(左一、二)同往並合影。

龍影三孫的成長教育，多虧親家母潘美香付出了不少心血，非常感恩。

龍影之兒子俊良、媳婦思佳假日不忘帶著他們三位子女到各地參觀旅遊，增長見聞。

龍影(右)回芎林與摯友英梯(左)同往紙寮窩拜訪名作家劉玖香女士(中)。

龍影親家老奶奶九十五高齡，然氣質高雅，慈祥和藹，令人尊仰。

龍影唸新竹縣芎林初中三年級時留影。

民國七十七年龍影於苗栗縣通霄鎮民眾服務社當主任時留影。

去年聖誕節前夕，龍影夫妻回芎林老家探視三哥有襄，並與其部分子孫合影。

那年清明節，龍影回鄉掃墓，與晚輩 (左
至右：大華、龍影、大展、有進、秀枝、
大宏)合影留念。

龍影夫人代表慈濟苗栗園區贈書《高僧傳》予苗栗市淨覺院，由道霖師父代表接受。

那年，龍影夫妻參加建台高中教職員赴台南市自強活動，並在白河蓮花池畔合影。

龍影夫人是一位虔誠的佛教徒，也是慈濟授證委員及教聯會教師。

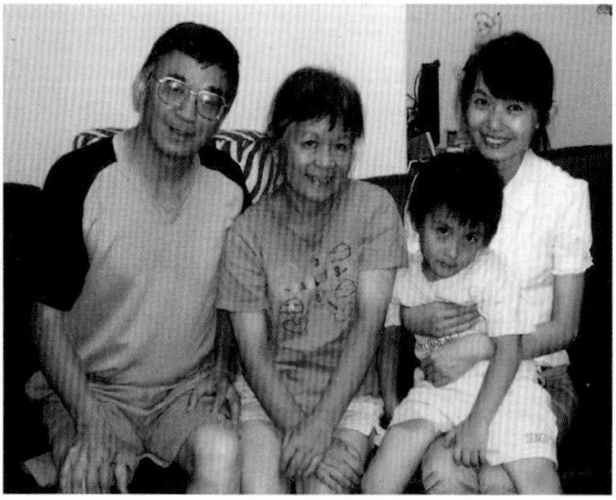

龍影夫妻與大女兒怡嫺及五歲外孫子宸合影於新北市永和家。

龍影三個子女幼小時的可愛模樣。